Johanna Lindbäck

Kein bisschen verliebt?

Johanna Lindbäck

Kein bisschen verliebt?

*Aus dem Schwedischen
von Angela Beuerle*

Urachhaus

Die Originalausgabe erschien 2013
unter dem Titel *Lite ihop* bei Lilla Piratförlaget AB, Stockholm.

Die Übersetzung dieses Buches wurde durch die freundlich gewährte
Förderung des Swedish Arts Council finanziell unterstützt.

ISBN 978-3-8251-5313-7

Erschienen 2022 im Verlag Urachhaus
www.urachhaus.com

© 2022 Verlag Freies Geistesleben & Urachhaus GmbH, Stuttgart
© 2013 Lilla Piratförlaget AB, Stockholm
Umschlaggestaltung: Klaus Pfeiffer
Gestaltung und Satz: Katja Schüch, Kirchheim/Teck
Gesamtherstellung: CPI books GmbH, Leck

A va ist ein guter Name.
Und Ella.
Oder Lea.
Zoë! *Das* ist supercool. Oder Zoey, wenn man es so schreiben möchte. Wenn man eine Zoë/Zoey ist, hat man auf jeden Fall coole Kleider und eine richtige Persönlichkeit, das hört man schon.

Etwas Besonderes ist Hudson. Fast wie ein Nachname, nur als Vorname. Richtig stark.

Aber Majken? Hallo? Wie klingt denn das auf Englisch? Vielleicht Mike, oder Mikey, wie meine Freundinnen manchmal sagen. Häääss-lich.

Mein Bruder heißt Pontus, weil Papa einen besten Freund hatte, der mit fünfzehn bei einem Autounfall starb. Und dieser Junge hieß Pontus. Wie Papa sagt, war dieser beste Freund nett, lustig, mutig und so ungefähr alles, was man sein möchte. Es ist also eine Art kleine

Ehrung, dass mein Bruder so genannt wurde. Aber dass sie mich Majken getauft haben? Das kann keiner von ihnen erklären, außer mit so lahmen Sachen wie »aber das ist doch so hübsch« und »Majken ist ein supersüßer Name« und »das haben wir gleich entschieden, als wir wussten, dass du unterwegs warst«.

Aber was, wenn man nicht davon träumt, ›supersüß‹ zu sein und mit einer Rüschenschürze vor dem Bauch in irgendeiner Küche zu stehen und Muffins zu backen? So klingt ›Majken‹ nämlich. Was, wenn man eher cool sein will? In Jeans? Und irgendwo in einer Großstadt in einem schönen Café sitzen und schlaue Zeitungsartikel oder richtig tolle Bücher schreiben will? Soll ich sagen, was ›Majken‹ dann ist? Nicht gut. Ein *Desaster*.

Der allercoolste Name, den ich kenne, die Nummer eins auf der Hitliste *forever*, ist Izzy. Und jetzt war es sieben Minuten vor vier und ich saß in einem leeren Flur und wartete genau auf sie.

Aus einem Raum etwas weiter rechts war Gitarrenmusik zu hören, aber kein Mensch war zu sehen.

Normalerweise ist das hier meine Schule. Also, natürlich auch jetzt, zumindest das Gebäude. Aber inzwischen waren beinahe alle normalen Schüler nach Hause gegangen und ich war wieder hier, weil ich Musikunterricht hatte. Geige.

Ja, es ist albern, Geige zu spielen. Sehr albern. Das ist mir voll und ganz bewusst. Und nein, ich habe nicht vor, klassische Musikerin zu werden oder es ganz ernsthaft zu betreiben. Und ich weiß, es wäre damals, als ich mir ein Instrument aussuchte, viel schlauer gewesen, mit Gitarre anzufangen. Tessa sagte es jedes Mal, wenn sie meine Geige sah. »Stell dir vor, du hättest stattdessen mit Gitarre angefangen. Wie wahnsinnig gut du jetzt wärst. Du hättest in einer Band spielen können. Und du hättest Songs schreiben können!«

Als ob man nicht auch mit einer Geige wahnsinnig gut sein oder Songs schreiben könnte?

Oder?

Okay, ich bin nicht wahnsinnig gut. Aber ich hätte es sein können, wenn ich mich von vornherein angestrengt hätte. Ich bin nur mittelgut. Und habe auch nie ›Songs‹ geschrieben. – Wobei, eine Zeit lang habe ich in einem Orchester gespielt. Also fast wie in einer Band. Nur, dass wir nicht auf der Bühne gestanden, gesungen, *moves* gemacht und toll ausgesehen haben. Zum hysterischen Jubel des Publikums. Nein, wir haben uns ruhig hingesetzt, vor unsere Notenpulte, und haben gespielt ... so eine Art ›Kleine Nachtmusik‹. Für unsere Familien. Die engsten Angehörigen. Die höflich und anständig geklatscht haben, ohne jegliches Anzeichen von Hysterie.

Aber das Orchester war ehrlich gesagt kein bisschen cool, und ich habe dort aufgehört. Es *war* tatsächlich langweilig. Da hatte Tessa recht. Jetzt habe ich nur noch meinen Unterricht.

Tessa hat nichts gesagt, aber ich habe genau verstanden, was ihr Gesichtsausdruck bedeutete, als sie heute fragte, was ich nach der Schule mache, und ich sagte, dass ich Geige spielen würde. *Also wirklich, wie lange ...?* (werde ich noch weitermachen.) Und *auch dieses Schuljahr?!*

Ja. Auch dieses Schuljahr.

Die Tür ganz hinten im Flur öffnete sich. Ein Junge kam herein. Er trug einen Gitarrenkoffer und ging ganz langsam, schaute bei jeder Tür auf die Nummer.

»Hier ist es«, hätte ich sagen und zu der Tür nicken können, aus der man die Gitarre hörte. Es war schließlich nicht schwer herauszufinden, wo er hinwollte.

Aber ich zögerte eine Sekunde, und dann sagte ich nichts, sondern zog nur den Geigenkasten auf der Bank etwas näher zu mir. Falls er sich hinsetzen wollte. Oder als Zeichen. *Hier.*

Als er näher kam, hörte er die Musik, denn er sah nicht mehr auf die Zimmernummern, sondern ging einfach weiter. Bei der Tür mit der Gitarrenmusik schaute er nach. *Genau, da.* Schräg vor mir blieb er stehen.

Es gab noch eine Bank, aber die war fünfzehn Meter entfernt. Er sah dorthin und schaute dann kurz zu mir. Ich saß ganz auf der einen Seite, es gab also genügend Platz. Aber er stellte die Gitarre auf den Boden und entschied sich, stehen zu bleiben. Pustete seine Haare aus dem Gesicht, dass sie hochflogen. Sie waren blond. Etwas rausgewachsen, vorne ziemlich lang. Blaue Augen. Ein weißes Rolling-Stones-T-Shirt (mit diesem roten Mund), das etwas zu groß und ziemlich ausgeleiert war. Es sah aus, als hätte er es von einem seiner Eltern geerbt oder so.

Statt mich anzusehen, lehnte er sich an die Wand.

Auf einmal erkannte ich ihn wieder. Es war der Neue aus der 6b.

»Mensch, Evve, schau mal da! Ist das der von den Piteå Summer Games?!«, hatte Tessa ausgerufen, an einem Tag letzte Woche, als wir beim Essen saßen. Aufgeregt hatte sie Evelina am Arm gezogen. »Wie hieß er? Jeppe? Du weißt schon, der, der in derselben Mannschaft war wie Wille und Amir.«

Sofort drehte Evelina sich um und inspizierte diesen Jungen, der gerade dabei war, sich Essen zu nehmen.

»Nein«, entschied sie dann. »Obwohl er ihm ähnlich sieht.«

»Voll ähnlich«, sagte Tessa. »Was, wenn er hierhergezogen ist?«

Sie und Evve schauten zu ihm und sahen sich dann an. Dann fingen sie an zu kichern.

»Waren das die, von denen du die Bilder gezeigt hast?«, fragte Molly, und Evve nickte.

»Boah, wie die drauf waren«, lächelte sie dann begeistert.

Sehr begeistert.

»Wie denn?«, fragte ich.

»Ja, also, witzig und so was«, sagte sie. »Du weißt schon.«

Nein, ich wusste überhaupt nichts. Ich hatte keine Ahnung, wer Wille, Amir oder Jeppe von den Piteå Summer Games waren, und ich hatte keine Bilder gesehen oder auch nur ein Wort davon gehört, wie sie drauf waren. Als Tessa und Evve von diesem Fußballturnier heimkamen, hatten sie nur erzählt, dass es für ihre Mannschaft nicht so sonderlich gut gelaufen, aber trotzdem ziemlich lustig gewesen war. Was mit ›ziemlich lustig‹ gemeint war, haben sie nie erklärt. Oder besser gesagt, Tessa hatte mir nichts erklärt, aber Evelina Molly offenbar schon.

»Ihr habt keine Telefonnummern ausgetauscht, oder?«, fragte Tessa, und Evve schüttelte den Kopf. »Schade.«

»Mm«, machte Evve.

»Was habt ihr denn mit ihnen gemacht?«, fragte ich und sah Tessa an.

»Äh, so halt, einfach abhängen«, antwortete sie abweisend. »Nichts Besonderes. Sie kamen aus Arvidsjaur.«

Es war während des ganzen Mittagessens ungefähr das Erste, was ich zu ihr gesagt hatte, und ich hatte auch vorher noch nie nach irgendwelchen Jungs aus Arvidsjaur gefragt. Dennoch klang sie, als ob ich sie jetzt seit einer Viertelstunde mit nervigen Fragen bombardiert hätte und sie es bald nicht mehr *aushielt,* jetzt sollte ich mal aufhören.

Ich verstand es nicht. Molly wusste doch Bescheid, also war es kein Geheimnis. Und wenn Evelina es ihr erzählte, warum konnte Tessa es nicht mir erzählen? So haben wir es immer gemacht. Tessa war meine beste Freundin, Molly die von Evve. Seit Ewigkeiten war das so. Oft waren wir zu viert zusammen, aber wir wussten sozusagen alle, wie die Aufteilung unter uns war.

Das Dumme war, dass Tessa in den vergangenen Wochen mehrmals so zickig zu mir war. Ganz ohne Grund. Ich sagte etwas, sie fauchte, und ich nur: *what, Entschuldigung?* Aber wenn ich fragte, was los war, seufzte sie nur und antwortete »nichts« und klang genauso müde wie vorhin.

Evelina und Molly fauchten sich *nicht* an.

Auch Belinda, die neben Tessa saß, folgte dem Mensa-Jungen mit dem Blick und machte eine Art anerkennendes Mhm-Geräusch.

Märta, unsere Lehrerin, sagt immer, dass man nicht alle mögen muss, aber dass das keine Entschuldigung dafür ist, jemanden zu mobben oder mit ihm herumzustreiten. Vom ersten Moment an, als Belinda in der vierten Klasse zu uns kam, merkte ich, dass ich sie nicht mochte. Ich fand sie nervig und anstrengend. Und so wahnsinnig *rosa* von Kopf bis Fuß. Ungefähr fünf Sekunden nachdem sie der Klasse vorgestellt worden war, fing sie außerdem an, ängstlich zu quieken, weil in der Nähe eine Wespe herumflog. Es war deutlich, dass sie übertrieb, nur um Aufmerksamkeit zu bekommen. Als Jocke aufstand und versuchte, die Wespe wegzuscheuchen, war sie zufrieden.

Ich verstehe nicht, dass die Leute auf so etwas hereinfallen! Die Jungen scheinen sie alle zu mögen. Und am nächsten Tag, als sie mit einem rosa Oberteil voller Pailletten ankam und aussah, als würde sie auf eine Party gehen, so übertrieben war es, da fanden Sofia und einige andere sie superschick.

Ich habe nicht so viel Rosa in meinem Kleiderschrank. Definitiv keine Pailletten. Das ist nicht sonderlich Ava, Zoey oder Hudson, finde ich. Rosa ist eher ›Majken mit Schürze‹.

Ich mag Schwarz. Nicht weil ich Emo oder Goth bin, ich finde Schwarz einfach schön. »Herzliches Beileid«, sagte Großvater früher oft scherzhaft zu mir, aber jetzt hat er sich daran gewöhnt. Im letzten Frühjahr, als ich eine neue Brille brauchte, habe ich mir auch ein schwarzes Gestell ausgesucht. Der Optiker sagte bestimmt fünf Mal, dass diese Farbe bei einem Kinderbrillengestell ungewöhnlich sei, aber dass es mir sehr gut stehen würde. Meine frühere Brille fiel nicht auf, aber diese neue jetzt bemerkt man. Sie ist so ›distinkt‹, wie der Optiker sagte. Und man ist ja wohl sehr viel lieber ›distinkt‹ als süß, oder?

Als ich sie das erste Mal in der Schule anhatte, riefen alle so: »Wow! Neue Brille!«, als sie mich sahen. Es war ein sehr gutes ›Wow!‹. Alle, außer Belinda. Sie würde sicher nie auf die Idee kommen, sich so eine zu kaufen. Vor allem würde sie es wohl als eine mittlere Katastrophe ansehen, wenn sie eine Brille tragen müsste.

Wie wird eigentlich festgelegt, wer beliebt ist? Von wem? Und warum haben Tessa, Molly und Evelina nicht Scharen von Jungs um sich? Sie sind viel klüger als Belinda und mindestens ebenso hübsch. Zum Beispiel Molly, sie ist aus Korea adoptiert. Ihre Haare sind so glänzend und lang und wunderschön. Meine Haare sind tatsächlich auch schön. Objektiv. Das habe ich gesagt bekommen, seit ich klein war. Sie sind dick, lockig und lang, und es gibt sozusagen sehr viele davon. Als ich klein war, kamen fremde Tanten und haben mich John-Bauer-Prinzessin oder so ähnlich genannt. Und auch ich sehe übrigens ziemlich okay aus. Viele von uns sehen sehr okay aus, und doch schwärmen alle für die anstrengende Nerv-Belinda. Das ist völlig unverständlich! Beliebt sein ist etwas, das einfach so passiert. Plötzlich wissen irgendwie alle, dass die und die Person es ist, aber niemand kann erklären, warum.

Im Frühling war Belinda eine Zeit lang mit einem Jungen zusammen. Er geht jetzt in die achte Klasse. »Ein älterer Herr!«, haben Tessa und ich oft gekichert. Seitdem glaubt Belinda, dass *alle* Jungs auf sie stehen und dass sie die Wahl hat. Wenn *sie* mit jemandem zusammen sein will, dann will diese Person garantiert mit ihr zusammen sein.

Okay, manchmal ist es ja auch so, denn die meisten mögen sie. Aber nicht *alle*.

Erst nachdem der Arvidsjaur-Junge den anderen aus seiner Klasse hinterhergegangen war und sich an einen Tisch gesetzt hatte, wandte Belinda sich wieder um. Dabei wechselten sie und Tessa einen geheimnisvollen Blick, und dann lächelte Tessa ein wenig.

Hallo, was war los? Belinda war schließlich auch nicht in Piteå gewesen und hatte Fußball gespielt, warum bekam sie dann nicht genauso wie ich eine Abfuhr? Schließlich bin ich Tessas Freundin!

Aber mir war schon klar, es war besser, in dem Moment nicht davon anzufangen.

Doch was, wenn ich die Chance nutzen würde, jetzt, wo der gleiche Junge nur wenige Meter von mir entfernt mit einem Gitarrenkoffer zu Füßen im Schulkorridor stand? Wenn ich ihn mit Fragen bombardieren würde: *Hallo, wer bist du? Kommst du aus Arvidsjaur? Weißt du, dass du einen Doppelgänger hast, der Jeppe heißt? Wie heißt du? Hast du eine Freundin? Willst du eine haben? Was sind deine Hobbys? Fußball spielen?* Das nächste Mal, wenn wir ihn sehen würden, könnte ich dann alle Fakten aufzählen. Das wäre eine Überraschung. Tessa und Evelina wären vielleicht beeindruckt. Auf jeden Fall verwundert, dass *ich* ...

Der Junge schaute zum Fenster hinaus auf die ganze *action*, die draußen vor sich ging. Will sagen, keine. Genauso wenig wie hier drinnen. Bloß ich, die auf der Bank saß und an einer verkrusteten Mückenstichwunde herumpulte. Aber er schien ja noch nicht einmal daran interessiert, Hallo zu sagen, also ...

Tatsächlich sah er in erster Linie ein bisschen hochnäsig aus.

Drei Minuten nach vier öffnete sich die Tür zum Flur wieder, und diesmal *war* es endlich Izzy.

»Majken!«, rief sie und kam schnell-klappernd auf ihren Holzschuhen. Ihr ist es schnurzegal, dass in unserer Schule Schuhverbot herrscht und eigentlich alle sie genau am Eingang ausziehen sollen. »Hallihallo!«

Izzy ist 173 Zentimeter groß und sechsundzwanzig Jahre alt, hat am 12. Juli Geburtstag, wohnt im Stadtteil Mariehem, hat vorher in London gewohnt und in Stockholm. Jetzt hat sie hier in Umeå eine Wohnung zusammen mit einem Freund, der Gabriel heißt und Gabbe genannt wird. Mit dem sie aber nicht zusammen ist.

Ihre dunkelbraun gefärbten Haare trägt sie in einer ziemlich wilden Pagenfrisur, oder doch etwas anderem, denn es ist sehr wild. Dazwischen hat sie dicke, rotgoldene Strähnen. Das ist sooo hübsch. (Eigentlich, sagt sie, sind ihre Haare langweilig straßenköterblond, aber das glaube ich nicht.)

Heute hat sie ein neues, flatteriges Kleid in Dunkelblau an, das ich noch nie gesehen habe. Und ein grünes Armband. Es ist ihr Lieblingsarmband, sie trägt es immer. Kleine grüne Perlen auf einem steifen Silberdraht. Ein perfektes Armband, wenn man Geige spielt, denn es ist 1) hübsch, 2) klirrt es nicht und macht kein Geräusch, stört also 3) nicht die Musik.

Sie lächelt viel, sehr viel. Jetzt zum Beispiel. Und sie lachte und winkte. »Hallooo!« Und als wir uns umarmten, roch sie so gut. Pfirsich? Ja, ein wenig nach Pfirsich.

»Wie ist es dir ergangen? Was hast du im Sommer gemacht? Wie war Paris? Meine Güte, wie toll! Hast du *un croissant* gegessen? Und *le Big Mac*? *Oui?*«

Sie sagte es mit einem übertriebenen französischen Akzent und kicherte und war sonnengebräunt und fröhlich, und ich bekam weitere zwanzig Fragen gestellt, während sie die Türe zu dem Raum aufschloss, in den wir hineinwollten, und dann machte sie eine einladende Geste mit dem Arm zu mir, »*Mademoiselle!*«, und ich lachte und bekam Lust, einfach mitzumachen. *Merci! Voilà! Izzy! Hallo!*

Genau deswegen habe ich mit dem Geigespielen weitergemacht.

Das Letzte, was ich sah, war, wie der neue Junge uns anschaute.

Nachdem Izzy und ich die ganzen Sommerferien und alles, was geschehen war, durchgegangen waren, blieben noch zehn Minuten von der Stunde. Da spielten wir ein bisschen so zum Spaß. Sie sagte, man merke, dass ich Sommerferien gehabt hätte, aber sie lächelte. Es war in Ordnung. Ich bekam etwas auf und versprach, wie verrückt zu üben, mich zusammenzureißen und mich wieder so ernsthaft zu benehmen wie ein russisches Wunderkind.

Als ich aus dem Raum kam, stieß ich beinahe mit dem Gitarrenjungen zusammen. Er musste mit seiner Unterrichtsstunde zwei Sekunden vor mir fertig geworden sein.

»Bis nächste Woche, *sweetie!* Tschüss!«, sagte Izzy, und der Junge drehte sich im Gehen zu uns um und antwortete »Tschüss!« Irgendwie verwundert, aber fröhlich dabei. Doch in dem Augenblick, in dem das Wort seinen Mund verließ, verstand er, dass sie nicht mit ihm, sondern mit mir gesprochen hatte. Da wurde er ziemlich verlegen. Errötete und alles.

»Aber ja, dir natürlich auch Tschüss!«, sagte sie zu ihm, aber darauf murmelte er nur etwas und lief schneller.

Amüsiert hob sich eine von Izzys Augenbrauen, und als wir uns ansahen, blubberte ein Kichern in meinem Bauch.

»Tschüss, Majken!«, flüsterte sie lachend, so, dass niemand sonst sie hören konnte. »Bis bald.«

Pontus!« Papa holte Butter, Milch und Ketchup. »Komm jetzt! Es ist so weit.« Er fegte die Zeitung und die Post vom Küchentisch. »Majken, du kannst decken.«
»Mmmm«, sagte ich. »Schon gut. Aber ...«
Papa warf mir einen Kein-Aber-Blick zu. »Und du *willst* decken. Du findest das supertoll.«
Ich seufzte, stand aber auf und begann Besteck, Gläser und Teller hinzustellen.
»Pontus! Hallo! Essen!«, rief Papa wieder, lauter, und dieses Mal war aus dem ersten Stock ein Geräusch zu hören. Dann Schritte die Treppe hinunter.
»Das haben wir doch gestern schon gegessen«, war das Erste, was mein Bruder sagte, als er in die Küche kam und die Wurst in der Pfanne und die Penne im Sieb sah. »Und am Wochenende auch.«
»Ja, und warum ein erfolgreiches Konzept ändern?« Papa schüttelte das Wasser aus den Nudeln.

»Erfolgreich?«, schnaubte Pontus. »Das ist nicht …«

»Aber Menschenskind, Junge, schreib es jemandem, den es interessiert«, unterbrach Papa. »Morgen darfst du kochen, dann wird es etwas, was du magst, aber jetzt kann ich kein Gemecker hören. Iss.«

Unter seufzenden, schnaubenden Protesten lümmelte Pontus sich auf seinen Stuhl.

Eine Dreiviertelstunde später waren sie unterwegs zu ihrem Sport. Pontus spielt Floorball und Papa schwimmt. Übrig geblieben auf dem Esstisch waren noch Ketchup-verschmierte Teller, Knäckebrot-Krümel und leer getrunkene Milchgläser. Es bedeutete, dass ich abräumen sollte, denn ich ›finde es ja auch supertoll, abzuräumen.‹ Oder? Aber ich machte es, sonst würde es nur Gemecker geben.

So zwischen halb acht und acht würden sie zurückkommen. Mama hatte Abendschicht, und dann kommt sie erst nach zehn.

Ich hatte also mindestens eine Stunde alleine zu Hause. Das mag ich gern. Manchmal probiere ich Mamas Kleider an und versuche, mich mit ihren Sachen zu schminken. Aber man muss vorsichtig sein, denn wenn sie es merkt, wird sie sauer. Man muss also alles so zurückstellen, dass es genau richtig steht, und sich danach gut abwaschen, damit nichts zu sehen ist. Ihren Nagellack zu leihen, ist erlaubt, aber es ist viel lustiger, Lidschatten und Mascara zu verwenden, und die will sie für sich alleine haben. Kleinlich, finde ich. Sie schminkt sich nur ein mini bisschen, es würde also sowieso mindestens für zehn Jahre reichen.

Heute aber war kein Schminken dran. Heute nahm ich nur ein Glas Saft hoch zum Computer und ging direkt auf die Seite von ›Plan B‹. Plan B ist die Band, die Izzy mit ihrer jüngeren Schwester Madde und zwei anderen Mädchen, Karin und Milla, hat. Izzy am Klavier und Keyboard und an der Geige (sie ist ein Musik-Genie und kann ganz viele Sachen spielen!), Madde singt, Karin ist an der Gitarre und Milla am Bass.

Die Seite ist ungefähr wie ein Blog, aber nicht so wahnsinnig bloggig. Nicht täglich mit neuen Posts, sondern vielleicht jede zweite Woche einen. Leider. Meist sind es nur Sachen wie ›Heute habe ich einen neuen Song geschrieben, juhu!‹, und am häufigsten schreibt Madde. Manchmal ein kurzer Video-Clip von einer Probe oder einem Auftritt.

Es ist schade, dass Izzy nicht häufiger schreibt. Seit ich sie vor einem Jahr als Geigenlehrerin bekam und von der Band und diesem Blog hier erfuhr, habe ich den Wunschtraum, dass ich eines Tages auf die Seite gehe und es einen neuen Post gibt. Zum Beispiel: ›Heute hatte ich meine

Geigenschülerin M. Oh, wie lustig und gut sie ist! Wir haben immer so viel Spaß zusammen, die Zeit vergeht wie im Flug. *Love her!*‹

Dann würde ich *sterben*.

Aber es ist nie vorgekommen. Bis jetzt. Ich bin noch immer unbekannt und unerwähnt im Plan-B-Blog. Da stand nichts davon, dass wir uns den größten Teil der heutigen Stunde unterhalten haben, weil seit der letzten ein ganzer Sommer vergangen ist, weshalb es soooo viel zu erzählen gab. Ich war in Paris mit Mama und Oma, Izzy zwei Wochen in London. Was sie *geliebt* hat. Ich war nie in London, aber ich glaube, dass ich es auch lieben würde. Nach dem Urlaub dann hat sie hauptsächlich bei ihrem Konsum-Supermarkt in Vännäs gearbeitet. Also, es ist nicht *ihr* Konsum-Supermarkt. Sie arbeitet nur dort, Teilzeit. Izzy ist Musiklehrerin, Musik-Genie, Plan-B-Mitglied und Konsum-Kassiererin.

Hallo, Tschuldigung, hallo, hoppla.« Dexter drängelte sich vor Tessa in die Essensschlange, um von der Lasagne zu nehmen, für die auch wir anstanden und darauf warteten, dass die Essensfrauen uns auftun würden. »Hi«, grüßte er fröhlich und sie speziell. »Mochtet ihr denn die Filme neulich?«

»Ja, schon. Wir haben den mit Adam Sandler geschaut. Der war okay«, antwortete sie.

»Okay? Nur? Fandest du nicht, dass der supertoll war?«

Tessa zuckte etwas mit den Achseln. »Naja, vielleicht.«

»Pah«, protestierte er, aber es klang nicht gemein, sondern eher im Gegenteil. Begeistert. Amüsiert. »In dem Fall hast du eben den falschen Geschmack.«

»*What?*«, protestierte sie genauso begeistert zurück. »Nee du, das glaube ich nicht. Mein Geschmack ist vollkommen perfekt.«

Dexter verdrehte die Augen. »Er ist noch nicht einmal ein kleines bisschen perfekt.«

Sie fuhren fort zu ›pah!‹-en und zu kichern und sich aufzuführen. Erstaunt sah ich ihnen zu. Welche Filme? Welcher Geschmack? Was war das hier? Sie sprach sonst nie mit Dexter. Oder über ihn. Und in *dieser* Art? Die mir mehr wie Belindas Art vorkam als Tessas.

»Dex«, sagte Belinda prompt von ihrem Platz hinter Tessa in der Essensschlange. Lehnte sich etwas vor, damit er sie wirklich nicht übersehen konnte. »Hallo! Hi, wie geht's?«, lächelte sie ihn an.

Es war sein Bruder Dennis, mit dem sie früher zusammen gewesen war. Der jetzt in die achte Klasse ging. Dexter ist ein Jahr älter als wir und geht in die siebte Klasse.

Dennis' und Dexters Vater ist Amerikaner. Er kam als Basketball-Spieler nach Schweden, nach Norrköping, um ein paar Saisons zu bleiben. Aber er traf ein schwedisches Mädchen, und als es mit dem Basketball vorbei war, blieb er in Schweden. Zog mit dem Mädchen hierher nach Umeå, bekam zwei Kinder und begann als Hausmeister an einer Schule zu arbeiten (einer anderen, nicht unserer).

Dexter und Dennis sind ihm beide sehr ähnlich. Groß, sehen sportlich aus, *sind* sportlich. Supergut in Basketball natürlich, und auch in allen anderen Sportarten. Dennis hat schulterlange Dreadlocks und trägt häufig Haarbänder in unterschiedlichen Farben. Dexter hat seine Haare ganz kurz geschnitten, fast geschoren. Die beiden gehören zu den Beliebtesten in der Schule. Zu dieser Clique von Menschen, die alle kennen, auch wenn man sie nicht persönlich kennt. Dexter und Dennis. Belinda. Olle in der 8a. Alexandra Rydell. Mehr muss man dazu nicht sagen, denn alle finden, dass sie gut aussehen und cool sind, und wollen mit ihnen zusammen sein. Tessa, Molly, Evve und ich gehören eindeutig nicht zu dieser Gruppe. Wir sind so dazwischen. Nicht bekannt und nicht gemobbt. Einfach nichts Besonderes. Aber jetzt stand Tessa plötzlich hier und plapperte und scherzte in einer Weise, die klang, als ob sie und Dexter alte Freunde wären. *Wann* waren sie das geworden?

»Jaja, aber wenn du seinen früheren Film schaust, wirst du mir zustimmen«, sagte Dexter zu Tessa. »Du wirst es das nächste Mal sehen.«

Das nächste Mal?

»Am Sonntag, weißt du, als es den ganzen Tag geregnet und dann auch noch unser Internet gesponnen hat«, fing Tessa an mir zu erklären, als wir das Essen geholt hatten und zu einem Tisch gingen. »Wir waren abends so überdreht, dass Mama und ich zu ihnen rübergingen, um ein paar Filme zu leihen.«

»Warum denn das?«

»Ja, natürlich, weil Netflix und so nicht funktioniert hat.«

»Ja, ja, ich meine ja, dass ihr zu denen gegangen seid. Besucht ihr euch öfter?«, verdeutlichte ich.

Tessas Mutter wohnt im Mietshaus neben dem von Dexter und Dennis, das tut sie schon seit Ewigkeiten, aber nie zuvor hatte ich von Besuchen oder Filme ausleihen gehört.

»Öfter? Naja … Im Sommer waren wir halt ein paar Mal da zum Grillen und so. Dexters Mutter arbeitet schließlich am selben Arbeitsplatz wie meine, daher kennen sie sich.«

»Tut sie das?«, sagte ich, noch immer erstaunt.

»Was denn, das habe ich doch wohl erzählt?« Tessa sah mich an. »So ungefähr im Juni? Ja, doch, das habe ich bestimmt. Du hast es nur vergessen.«

Ich wusste, dass sie es *nicht* erzählt hatte, aber egal.

»Aha, aber dann …« Ich sah zu Dexters Tisch. »Okay?«

Was bedeutete es, dass ihre Mütter am selben Arbeitsplatz arbeiteten und sich ein bisschen kannten? Dass sie richtige Freundinnen geworden sind? Ständig hin und her liefen und Filme und Zucker und einen Schluck Milch und Gott weiß was noch leihen? Grillen und sich besuchen. Und manchmal nehmen sie offenbar ihre Kinder mit.

»Obwohl sie nicht so supertoll waren«, sagte Tessa über die Filme ein wenig geheimnisvoll und vertraulich zu mir. »Aber es war ja trotzdem total nett, dass wir sie bekommen haben.«

»Mm«, sagte ich und senkte ebenfalls meine Stimme. »Wie ist es denn da so, zu Hause bei denen? Haben sie Nike-Möbel?«

»Nein, natürlich nicht.« Sie warf mir einen zurechtweisenden Blick zu. Nicht amüsiert. Stieg nicht auf den Witz ein. »Sie haben es einfach ganz normal schön.«

Dennis und Dexter tragen ständig Nike-Kleider und immer Nike-Schuhe. Zumindest bis es Minus-Grade gibt. Und jedes Mal, wenn ich den Basketball-Papa sah, lief auch er in Jogginghosen mit Nike-Logo herum. Als ob die ganze Familie gesponsert würde.

Darüber hatten wir tatsächlich Witze gemacht, sie und ich. Des Öfteren.

»Maria hatte auch einen sehr guten Pflaumenkuchen gebacken«, fügte sie hinzu. »Es war so nett. Ganz normal nett, weißt du.«

Maria? Weiß ich?

»Ihr wart dort also öfter?«, fragte ich nach. »Wann denn?«

»Ach Mensch, das weiß ich doch nicht mehr!« Tessa klang gefährlich nahe an der Anfauch-Grenze. »Einmal, als du in Paris warst, und dann jetzt, bevor die Schule wieder anfing. Ich weiß wohl nicht mehr das genaue Datum, wenn es das ist, worum es dir geht. Wir wohnen eben ungefähr Wand an Wand, da ist das nicht der größte Ausflug der Welt.«

Ich wies nicht darauf hin, dass sie zuvor schon mehrere Jahre Wand an Wand gewohnt hatten, ohne zu grillen und Filme zu leihen.

»Nein, nein, ich war nur neugierig«, sagte ich entschuldigend, und sie verdrehte wieder leicht die Augen.

Ich verstehe nicht, dass sie nicht angerufen hat und von dem Film-Kaffeetrinken erzählt hat. Oder als sie gegrillt haben. Das war schließlich definitiv etwas, was wir einander erzählten. Dachte *ich*. Auch wenn ich nur einen Film von Åke aus unserer Klasse leihe, der überhaupt niemand Besonderer ist, aber weiter unten in meiner Straße wohnt, würde ich sie danach anrufen. Ich dachte, dass wir darüber vollkommen einig wären, auch wenn wir nicht mit einem Vertrag dagesessen hatten und durchgegangen sind, welche Dinge wir erzählen müssen und bei welchen es in Ordnung ist, sie zu verschweigen.

Es ist ja nicht so, dass tausend andere spannende Sachen während des Sommers passiert sind. Bloß normale Sommerferien. Ein wenig lustig, ein wenig langweilig, ein wenig Urlaub, aber es war nicht zehn Wochen *non-stop action*, sodass man es gar nicht schafft, sich bei allem auf den letzten Stand zu bringen. Und irgendwann während dieser Zeit hatte Tessa sich offensichtlich mit Dexter befreundet. Dexter!! Und dann war sie herumgelaufen und hatte über diesem Leckerbissen gebrütet.

»Erzählst du es jedes Mal, wenn du mit deinen Nachbarn sprichst?«, hatte sie gefragt.

Meine Nachbarn sind eine andere Familie mit Kindern, und sie haben zum Beispiel einen supernervigen Jungen, der Holger heißt. Er ist sechs Jahre alt, und ich glaube, irgendetwas stimmt mit ihm nicht. Holger ist jemand, mit dem man es am besten *vermeidet* zu sprechen, denn wenn er die Möglichkeit bekommt, dann plappert er wie ein Verrückter. Er kapiert nie, wenn es einem zu viel wird. Er kann eine Viertelstunde lang bis ins Kleinste von einem Bus erzählen, wenn ihn niemand stoppt. Aber gerade jetzt schien nicht die richtige Gelegenheit, das bei Tessa anzubringen, daher zuckte ich nur mit den Schultern und ergab mich.

»Genau«, sagte sie.

Und als ich sie dann anschaute, sah ich wieder diesen halb genervten Gesichtsausdruck. Als ob ich nichts kapierte und anstrengend wäre. Ja, vielleicht sogar ein wenig wie Holger. Bloß, weil ich etwas fragte und nicht in allem genau derselben Meinung war wie sie.

»Hast du übrigens diesen Adam-Sandler-Film gesehen?«, fragte sie.

Ich schüttelte den Kopf.

»Tu es nicht«, sagte sie dann. »*Boring.*«

Sie spießte einige Karottenstreifen auf ihre Gabel, aß und kaute, stocherte etwas in ihrer Lasagne.

»Müssen sie die immer so schrecklich flüssig machen? Die ist ja völlig verdorben. Ist es denn so schwer, sie noch zehn Minuten länger zu backen?«

Und mit dieser Bemerkung war über alle Nachbarn fertig geredet, denn dann kamen Evelina und Molly und setzten sich zu uns. Tessa und Evve verschwanden in einem Gespräch über irgendetwas von ihrer Fußballmannschaft und dem nächsten Spiel und bla bla ... Irgendwann im Lauf des Essens verschwand Tessas Gereiztheit, und dann war sie wie immer.

Mittwochnachmittags schwimmt sie, und nach der Schule spurtete sie nach Hause, um vor dem Training noch schnell eine Kleinigkeit zu essen. Ich ging alleine nach Hause, in aller Ruhe. Hatte es kaum geschafft, mir mein Käsebrot zurechtzumachen, als die Haustür knallte und Pontus in die Küche getanzt kam.

»Tacos, Tacos, Tacos!«, sang er und riss die Kühlschranktür so heftig auf, dass alles darinnen schepperte. »Was willst du darauf haben? Guacamole, Crème fraîche,

Salsa?« Er fand ein halb volles Salsa-Glas. »Gurke, Tomaten, Salat, Käse, rote Zwiebeln, Paprika?«

»Machst du Tacos? Heute?«

»Ich weiß, voll verrückt, oder? An einem Mittwoch!« Er zog mir eine schockierte Grimasse. »Aber Papa hat gesagt, dass ich zum Essen machen darf, was ich will, außer Rinderfilet und Hummer, also ... *Ay caramba!* Und wenn wir in Mexiko wohnen würden, dann würden wir schließlich *jeden* Tag Tacos futtern, verstehst du, Kleine.«

»Aber wir wohnen ja nicht in Mexiko, verstehst du, *Alter.*«

Mit der einen Hand wischte Pontus den Einwand weg und hob einige Flaschen und Gläser im Kühlschrank hoch, um den Inhalt zu prüfen. »Jetzt schicke ich Mama die Einkaufsliste. Letzte Chance zu wählen.«

»Cola.«

»*Shit!*« Er warf mir einen dankbaren Blick zu. »Treffer, Majken.« Und dann kam noch ein Lied, während er aus der Küche hinaustanzte. »*Sending, sending, sending.*«

Als ich fertig gegessen hatte, ging ich in sein Zimmer hinauf. »Hast du in letzter Zeit etwas von Dexter gehört?«

»Wer ist Dexter?«

»Der kleine Bruder von Dennis in der Achten. Du weißt, Dexter in der 7a. Die, die Basketball spielen.«

»Aha, genau. Was hat er denn gemacht?«

»Nein, nichts. Ich wollte nur wissen, ob du etwas von ihm weißt. So ob er eine Freundin hat oder so was.«

Pontus schüttelte den Kopf. »Wobei, also, er geht doch in die Siebte.«

Wie sollte er all diese Kleinkinder im Blick behalten, meinte er. Wo er selbst in die neunte Klasse ging.

Dennoch betrachtete er mich danach etwas interessierter.

»Was denn, fragst du ›für eine Freundin‹, oder? Findest du ihn toll? Oh-oh, Mikey!«

Ich protestierte, aber er stichelte weiter.

»Lass es! So was ist es nicht!«, unterbrach ich. »Ich wollte es nur ganz allgemein wissen.«

»Ganz, ganz, ganz allgemein.« Pontus kicherte. »Aber okay, wenn du also darauf bestehst.«

»Ja, das tue ich.«

Er hob die Hände in einer ›Jaja, ich gebe nach‹-Geste. »Ha, aber du musst wohl …«

Da klingelte sein Handy.

»*Hello, mother*«, antwortete er, und dann: »Ja, aber na und? Wenn wir in Mexiko wohnen würden, hätten wir sicher …«

Ich ging in mein Zimmer.

Ich bin noch nie in jemanden verliebt gewesen. Denn das *weiß* man wohl, wenn man das ist?

Noah aus Pontus' Klasse ist allerdings wahnsinnig gutaussehend. So gutaussehend, dass man schnell mit dem Blick an ihm hängen bleiben kann. Er könnte heute Topmodel werden, jetzt auf der Stelle. Aber wenn er vorbeiläuft oder wenn ich ihn in der Mensa sehe, werde ich nicht kurzatmig, schwach oder kribbelig. Ich denke nur, wie gutaussehend er ist, und dann bin ich damit fertig und denke an etwas anderes.

Ich bin also nicht verliebt-*verliebt* in ihn.

Wir haben auch noch nie miteinander gesprochen, Noah und ich, noch nicht einmal Hallo gesagt.

Ich spreche überhaupt nie mit Jungs. Ja, schon, mit meinem Bruder und Papa und natürlich mit denen in der Klasse. Plus den Freunden meines Bruders, wenn sie zu uns kommen. (Noah gehört nicht dazu.) Ich bin ja nicht stumm. Aber das sind nur normale Gespräche. Sachen wie ›Hi‹ oder ›Wenn ich Seite fünf und sechs nehme, nimmst du dann sieben und acht?‹. Nur so was.

Ich spreche nie über irgendwelche *besonderen* Dinge mit irgendwelchen *besonderen* Jungs. Mit keinem Wille, Amir oder Jeppe aus Arvidsjaur. Und definitiv keinem Dexter.

Jetzt nach den Sommerferien haben die Lehrer versucht, so zu tun, als sei die sechste Klasse ganz neu und spannend. Die heftigste Sache.
Das ist sie *nicht*.
Es kommt einem genau wie immer vor, nur dass wir mehr Lehrer haben. Jetzt haben wir nicht mehr fast den ganzen Tag nur Märta. Und dürfen für die Unterrichtsstunden in verschiedene Klassenzimmer gehen, nicht die ganze Zeit im selben bleiben. Aber das ist alles, was anders ist. Ich laufe nicht herum und fühle mich total erwachsen, nur weil wir plötzlich die Klassenzimmer wechseln. Die Jungs in der Klasse tun das eindeutig auch nicht, sie sind genauso drauf und nervig wie immer.

Eine andere wahnsinnig spannende Veränderung, so die Lehrer, ist, dass wir mit einer weiteren Fremdsprache beginnen. Woooow. Eine ganze Stunde pro Woche. Man stirbt beinahe vor Aufregung.

Im Frühjahr haben wir zwischen Spanisch und Französisch gewählt. Tessa und Evelina entschieden sofort, dass sie Spanisch nehmen würden. Molly und ich waren unschlüssig. Papas Mutter, meine Großmutter, ist Französisch-Lehrerin am Gymnasium, also fand sie eindeutig, dass ich mich für Französisch entscheiden sollte. Erst versprach sie, mir dann bei den Hausaufgaben zu helfen und so was. Als ich noch immer unschlüssig blieb, zog sie nach mit einer Bestechungsreise! Im April fing sie an davon zu reden, dass sie nach Paris reisen wollte, denn es war so lange her, dass sie dort war. (Sie wird deprimiert, wenn sie nicht jedes zweite Jahr *la France* besuchen kann. Am liebsten würde sie jedes Jahr hinfahren.) Dieses Mal, fand sie, Mama und ich sollten mitkommen.

»Dann kann Majken diese schöne Sprache in ihrer richtigen Umgebung hören«, sagte sie. Und zu Mama: »Du hast eindeutig Urlaub verdient, so wie du dich abrackerst.«

Sie ist schlau, meine Großmutter.

Mama hatte große Lust (bei ihr war es mindestens fünfzehn Jahre her, dass sie in Paris war), aber da war das mit dem Geld, wie immer. Meine Eltern arbeiten beide in der Krankenpflege. Keine fetten Gehaltszettel, und wir reisen nicht mal hier, mal da ins Ausland. Im letzten Sommer waren wir zwei Wochen in der Türkei, daher waren wir vorgewarnt, dass der Urlaub in diesem Jahr nach dem Motto billig + zu Hause in Schweden laufen würde.

»Sind wir arm?«, fragte Pontus immer in gespielt verzweifeltem Tonfall, wenn Mama über solche Sachen redete. »Meinst du damit, dass ich kein Auto zum achtzehnten Geburtstag bekomme? Was?! Verdammt, ich sterbe, wenn ich das nicht bekomme!«

Großmutter sagte, dass sie mich tatsächlich zu der ganzen Reise einladen würde. Mama musste nur ihr eigenes Ticket bezahlen. Pontus wurde total eifersüchtig, aber Großmutter zuckte nur mit den Schultern und warf ihm so einen Blick zu. *Selber schuld, dummer junger Mann.* Er hatte sich nämlich sofort für Spanisch entschieden. Keine Zweifel gehabt.

Als wir dann den Zettel zur Sprachen-Wahl von der Schule mit nach Hause bekamen, schrieb ich gehorsam FRANZÖSISCH hinein, und Mama stand in ihrer Eigenschaft als meine Erziehungsberechtigte neben mir und unterschrieb, und dann machten wir *high five* und jubelten: »*Yes!* Wir fahren nach Pariiiis!«

Nach Mittsommer reisten wir.

Es *war* wunderschön, genau wie Großmutter es versprochen hatte. Wir aßen eine Menge leckerer Sachen, schauten alles Mögliche an, spazierten hierhin und dorthin. Die ganze Zeit ratterte Großmutter auf Französisch. Das war so cool. Sie wurde ein bisschen anders, wenn sie es sprach. Frecher sozusagen. Ich verstand, dass ich genau die richtige Sprache gewählt hatte!

Auch das Wetter war perfekt. Sonne und warm, aber nicht so, dass man einen Sonnenstich bekam, außer an einem einzigen Tag, und da waren wir im Louvre und einem anderen Kunstmuseum, an dessen Namen ich mich nicht mehr erinnere. Aber es war schön.

Die fünf Tage vergingen rasend schnell.

»Und denk mal, dass du bald selbst Französisch sprechen kannst«, sagte Großmutter zu mir, als wir im Flughafenbus saßen. »In zwei Jahren können wir das also vielleicht wieder machen.«

»Vielleicht«, betonte Mama.

»Ja, wir werden sehen«, sagte Großmutter und schaute aus dem Fenster.

Manchmal versteht man jedoch sofort, dass ›Wir werden sehen‹ ein sonnenklares ›Ja, das machen wir‹ ist. Und ich hatte nichts dagegen.

Am Donnerstag in der zweiten Schulwoche nach den Sommerferien war es dann an der Zeit, mit der ›superspannenden‹ zweiten Fremdsprache zu beginnen. Außerdem durften wir nach dem Mittagessen losgehen und ein neues Klassenzimmer aufsuchen. Wow.

Ja, oder auch nicht.

Spanisch war beliebter, aber außer Molly und mir hatten sich noch ein paar mehr aus meiner Klasse für Französisch entschieden. Als wir in den Raum kamen, stand dort *sweetie* oder der Jeppe-Doppelgänger. Geliebtes Kind trägt viele Namen. Heute hatte er kein Rolling-Stones-T-Shirt an, sondern ein normales dunkelgrünes. In passenderer Größe. Und stand so da und sah auf den Boden, auf … sozusagen nichts. Das schien sein Ding zu sein. *Null action* zu beobachten. Er stand ein bisschen entfernt von den anderen in seiner Klasse.

Die Lehrerin war offensichtlich schon vorher im Klassenzimmer gewesen und hatte etwas vorbereitet. Aus dem Lautsprecher kam französische Musik, auf dem Pult standen drei Flaggen-Wimpel und auf das Whiteboard hatte sie einige französische Sätze geschrieben.

Wir waren zu dreizehnt, und das Erste, was wir machten, war, ›ich heiße‹ zu lernen, und dann durften sich alle vorstellen und ein paar Namensspiele spielen. Das dann nicht auf Französisch, weil wir da ja noch nichts sagen konnten.

Die Lehrerin hieß Malin. Der Jeppe-Doppelgänger hieß Ivan. Nicht Ivar, wie Malin erst verstand, sodass er sie verbessern musste.

»Beinahe«, sagte er. »Aber stattdessen mit ›n‹ am Ende.«

Seine Stimme war ein wenig heiser. So wie eine ›Bisschen-bisschen-Halsschmerzen‹-Stimme.

Molly und ich sahen uns an und erkannten, dass wir es beide registriert hatten. Ivan. Okay. Der neue Junge in der 6b. *Ivan*. Jetzt wissen wir es.

Die Erkenntnis des Tages: Auch auf Französisch funktioniert es nicht, Majken zu sagen. *Surprise*. Es ist ein völlig unbrauchbarer Name in allen anderen Ländern außer Schweden.

Molly geht ziemlich gut.

Ivan hingegen? Perfekt.

Je m'appelle Ivan. Salut! Bonjour! Ça va? Mais oui, le Big Mac.

(Das mit diesem *le Big Mac* war aus einem alten Film, hatte Izzy erzählt. Sie fand das superlustig und versuchte, es zu erklären. Aber was? Nein.)

Nicht, dass *Ivan* seinen Namen auf Französisch aussprach, aber Malin tat es ein paar Mal. Es klang, als ob sie es auch schön fände.

Ein *Ivan* würde in zehn Jahren leicht in Paris wohnen können. Schmale, rockige Jeans tragen, natürlich ein cooles Band-T-Shirt, und solche Haare, die er immer aus dem

Gesicht pustete. In einer Bar sitzen und ›*je m'appelle*-n‹ und heftig gestikulieren.

Falls nun der richtige Ivan von so etwas träumte. Vielleicht dachte er nie darüber nach, wo sonst als gerade hier in Umeå sein Name funktionieren würde. Meist schien es, als ob nur ich an so etwas dachte.

Ich werde *mindestens* an fünf verschiedenen Orten wohnen. Und damit meine ich nicht verschiedene wie Östersund und Umeå, die beiden Orte, an denen Papa gewohnt hat. Ich meine verschiedene wie London und Griechenland. Und Paris. Das ist mein Lebensziel. Für ein ganzes Leben, das ist ja wirklich lang. (Sofern man nicht tragisch ums Leben kommt, wenn man fünfzehn ist, so wie Papas Freund.) Ich verstehe nicht, dass die Leute nicht mehr entdecken wollen. Warum soll man sich krampfhaft festhalten und an nur drei Orten wohnen? Man muss schließlich die Chance nutzen.

Als die Nachmittagspause vorbei war und wir uns langsam zur letzten Stunde begaben, kam Hasse, unser Musiklehrer vorbei.

»Majken«, rief er und schoss wie eine Rakete auf mich zu. »Genau die Person, nach der ich gesucht habe! Hör mal, du spielst doch sicher immer noch Geige?«

»Äääh, jaaa ...«

»Sehr gut! Und sicher hat Märta von dem Elternabend

in drei Wochen erzählt? Wir sind auf die Idee gekommen, zu Beginn ein bisschen Unterhaltung und auch Musik zu organisieren. Zur Einstimmung sozusagen, und jetzt laufe ich herum und suche Leute, die auftreten wollen. Hast du nicht Lust, dabei zu sein? Du kannst Begleitung bekommen und alles, und spielen, was du willst.«

Hasse sah total glücklich aus, als ob er ein fantastisches Angebot gemacht hätte, aber meine Güte, Geige spielen vor allen Eltern der Mittelstufe?

Beim Schuljahresabschluss im Sommer hatte jemand im Publikum einige der Auftretenden gefilmt und es auf Youtube gestellt. Die Filme bekamen eine Menge Klicks und Kommentare, weil die, die da aufgetreten sind, supergut waren. Zum Beispiel ein Mädchen aus Pontus' Klasse, die einen Adele-Song sang, dass die Leute zu heulen anfingen. Aber wenn ich Geige spielen würde und jemand es filmte und hochlud? Es genügte, aus den Augenwinkeln Evelinas und Tessas erschreckte Blicke zu sehen, um zu verstehen, w-i-e wenig man das riskieren sollte.

»Njaeee …«, sagte ich zu Hasse. »Ich glaube nicht, dass …«

»Aber doch! Das wird ganz toll! Du weißt schon, wie beim Schuljahresabschluss oder der Weihnachtsshow, nur nicht so lang. Nur zwei, drei Lieder. Das finden alle doch immer so schön.«

Alle? Zum einen würde Pontus sich in Grund und Boden schämen. Zum anderen Tessa. Zum Dritten Evelina. Auch wenn sie nichts sagten, waren ihre Gesichtsausdrücke eindeutig. *Mach das nicht, Majken. Jesus, don't do it! Verstehst du nicht, dass du mit deiner albernen Geige auf Youtube landen kannst!!*

Ich schüttelte den Kopf.

»Ja, aber schlaf doch noch einmal darüber? Du musst dich nicht jetzt gleich entscheiden«, beharrte Hasse. »In ein paar Tagen frage ich dich noch mal. Und du kannst auch mit anderen zusammen spielen, wenn du willst, denk darüber nach.«

Mit anderen zusammen? Ich mit einer Geigen-Gang auf der Bühne? Sollten wir uns nicht auch noch in Trachtenkleider werfen, dann wäre die idiotische Nummer komplett. HIMMEL NOCH MAL, WIE SCHRECKLICH.

»Denk wenigstens darüber nach?« Hasse warf mir noch ein aufmunterndes Lächeln zu, ehe er verschwand.

»Also, ich muss keine einzige Sekunde nachdenken«, sagte ich entschieden zu Tessa und Evve. »Ich mache das *nicht*. Wirklich nicht.«

Keine von ihnen sagte etwas, aber als ich Tessa anschaute, sah sie sowohl zufrieden als auch erleichtert aus. Richtige Entscheidung. Nicht falsch. Kein Desaster.

Als ich heimkam, saß Ida, Pontus' Freundin, auf unserer Küchenbank und blätterte in der Zeitung. Pontus stand an der Anrichte, die Hände in einer Backschüssel.

»Sie wollte etwas Süßes haben«, lächelte er in seiner besonderen, verwunderten Ida-Art. Sobald er über sie sprach, klang es, als hätte sie ein kleines Wunder vollbracht.

Ida ist in die Stadt geradelt. Ganze FÜNF Kilometer! Dass sie das kann!

Ida hat Jeans an. Na?! So. Außergewöhnlich.

Pontus ist eindeutig verliebt-*verliebt*. Alles mit Ida ist offenbar wunderbar und unglaublich.

»Falsch. Ich *muss* etwas Süßes haben«, berichtigte seine Freundin. »Das ist so ein Tag.« Sie warf mir einen ›Du verstehst, oder?‹-Blick zu.

Ja, vielleicht. Periode, oder? Ich habe noch nicht meine Tage, aber allmählich ist doch bekannt, dass man Verschiedenes braucht, wenn man sie hat. Schokolade/eine ganze Packung Paracetamol/frei haben von Sport/frei haben von allem, um zu Hause zu liegen, Filme zu schauen und zu jammern, dass es so wehhhh tut. Zumindest laut Molly und Tessa.

»Und jetzt brauchen wir Hagelzucker«, sagte Pontus.

Nachdem Ida den Zucker auf einen Teller geschüttet hatte, gaben sie sich ein Küsschen. Das machten sie die ganze Zeit, im Vorbeigehen. Natürlich küssten und knutschten sie auch richtiger, aber meist nicht vor mir.

Sein ganzes bisheriges Leben war Pontus vor allen Dingen mit seinem Floorball beschäftigt und mit seinen Freunden zusammen gewesen oder hatte Computerspiele gespielt. Dann kam er plötzlich eines Tages nach Hause und erzählte, er wäre mit einem Mädchen zusammen, und sah so glücklich aus, dass er beinahe platzte. Am nächsten Tag lagen sie in seinem Zimmer und knutschten; wenn sie irgendwohin gingen, hielten sie Händchen, und er lächelte sie an und streichelte sie die ganze Zeit. Als ob er nie etwas anderes getan hätte.

Wie *passierte* so etwas? Wie *lernte* man das Knall auf Fall? Also zum Beispiel, was man mit seinen Händen machen soll oder wie man die Zunge bewegen soll, wenn man jemanden küsst. Oder wie man jemanden umarmen soll, damit es wunderschön wird und die umarmte Person aussieht, als wolle sie drei Stunden lang dastehen? Oder vielleicht sogar einziehen. Ida sieht oft so aus. Und Pontus hat doch vor ihr nicht an mehreren Exemplaren geübt.

Ist das auch etwas, was *Der Körper Kann*? Darüber redet Mama immer, über den pfiffigen Körper. Zum Beispiel als sie einmal anfing, über Entbindungen zu reden, während sie Pontus für eine Bio-Hausaufgabe abhörte. Er brüllte: »Still, hör auf! Ich kotze, wenn du noch eine Sekunde weitermachst!«, aber ich konnte so viel verstehen, dass ein Kind auf die Welt zu bringen etwas war, was *Der Körper Kann*, ohne dass man selbst darüber nachdenken muss, wie man es macht.

Das und knutschen also?

»Probier mal, wie lecker«, sagte Pontus zufrieden, als er eine Platte voller mit Hagelzucker bestreuter Schokoladenkugeln zustande gebracht hatte, und Ida stimmte ein mit einem »*lovely*«. Und es gab ein weiteres Küsschen.

»Jetzt müssen sie eine Weile stehen und chillen.« Er stellte die Platte in den Kühlschrank und nahm Ida an der Hand. Dann gingen sie rauf in sein Zimmer. Ich hörte, wie sie die Tür gründlich hinter sich schlossen. Was bedeutet: Stör bitte nicht, hier wird geknutscht.

Am Montag kam Tessa mit einer neuen Tasche in die Schule. Eine Handtasche, nur ein etwas größeres Modell. Man konnte sie sowohl in der Hand als auch über der Schulter tragen. Aus braunem Leder. Der Taschenriemen war mit einer schmalen Goldschnur umwickelt.

Einige andere Mädchen in der Sechsten hatten sich nach den Sommerferien auch Handtaschen angeschafft, aber ich habe nie so richtig den Sinn davon verstanden. Ziemlich häufig muss man schließlich mehrere Bücher mit nach Hause nehmen und dann passen sie nicht hinein, sodass man trotzdem noch eine Tüte mit sich herumschleppen muss.

Tessas neue Tasche war schon ganz hübsch, aber eigentlich nicht super. Ich sagte natürlich trotzdem »Oh, wie schön!«, denn das macht man schließlich. Wir alle, Molly, Sofia und ich sagten es.

Als Belinda einige Minuten später zum Spind kam und die neue Tasche erblickte, schrie sie sofort los. »*Oh my god!* Hast du die bekommen?!«

»Jaaa!«, kreischte Tessa überglücklich. »Papa und ich haben sie gestern gekauft.«

»Oh, du Glückliche!« Belinda hob sie hoch und besah sie von allen Seiten. Drückte und betastete sie. »*I love it!*«

»Und schau hier.« Tessa öffnete sie und holte ein kleines Portemonnaie aus dunkelrotem Krokodilleder heraus.

»Das auch?!«, quiekte Belinda. »Wahnsinn, das ist ja so süß!«

»Hier kann man alle seine Kreditkarten reintun.« Tessa öffnete den Geldbeutel und zeigte Belinda die Fächer. »Dann, wenn man reich und berühmt ist.«

»Ja, dann, wenn man nur so ›ich nehme diese Gucci-Tasche hier auf meine American Express, *just a second, thank you*‹.«

»Genau«, kicherte Tessa. »So soll es mal sein.«

Als sie fertig geschaut hatten, legte sie das Portemonnaie zurück, machte die Tasche wieder zu und fing an, die Dinge, die sie brauchte, aus unserem Spind zusammenzusuchen.

Eine Sache, die sie *nicht* gemacht hat: uns das Portemonnaie zu zeigen. Oder mir. Aber vielleicht bekam man es nur zu sehen, wenn man ›*Oh my god!*‹ gekreischt und beim Anblick der Tasche ganz hysterisch geworden war?

»Ich habe Mama von diesem weißen Oberteil erzählt, du weißt schon, aber sie war so ›Mhh, vielleicht in drei Jahren.‹«

Belinda plapperte, während sie darauf wartete, dass Tessa ihre Sachen zusammensuchte. »Wir haben so wahnsinnig viel eingekauft, als wir im Sommer in Stockholm beim Schlussverkauf waren, daher ...«

Das weiße Oberteil, du weißt schon. Was denn, woher wusste Tessa das? Sie und Belinda? Am Wochenende unterwegs auf Shoppingtour? Zusammen? Warum denn?

Tessa mag Belinda doch auch nicht. Wir finden, dass sie lästig und wichtigtuerisch und meist meganervig ist. Wir machen nichts mit ihr zusammen.

Aber jemand, der gerne in die Stadt geht und Kaffee trinkt und Sachen anschaut, das bin ich. Ich liebe es. Und *ich* bin nicht lästig, wichtigtuerisch und meganervig. Oder? Warum hat Tessa nicht mich angerufen und gefragt, ob ich mitwill?

Wir haben uns das ganze Wochenende nicht gesehen, weil sie und Evve ein Fußballturnier hatten. Am Samstag ist Molly abends für eine Weile zu mir herübergekommen. Wir eben, die nicht Fußball spielen. Aber wann hatten sich dann Tessa und Belinda gesehen?

Ich schaute ihnen zu, wie sie dort standen und ooohten über Portemonnaies, Taschen und weiße Oberteile hier und dort, und wartete darauf, dass Tessa sich zu mir umdrehen würde und mich sehen und dann …

›Hallo, aber Entschuldigung?‹, kochte und blubberte es in meinem ganzen Körper. Was war mit dem sogenannten Fußballturnier passiert? Was?

Obwohl ihr, als sie mich schließlich ansah, nicht aufzufallen schien, dass sie durchschaut war. Es wurde nicht unangenehm oder peinlich. Obwohl sie und Belinda einen Meter von mir entfernt gestanden hatten und es offensichtlich war, dass ich alles gehört hatte, was sie gesagt hatten. Dennoch kam keine verlegene ›Oh, *shit*, ich habe wohl eine wichtige Person vergessen! MAJKEN!‹-Reaktion. Sie sah mich nur fragend an, während sie den Spind zuklappte.

»Hast du alles?«

Alle Schulsachen also.

»Ja«, sagte ich. Sauer. Und legte noch einen deutlichen Blick obendrauf. *Erinnerst du dich, dass du gesagt hast, du würdest Fußball spielen? Weißt du das noch? Ein gutes Gedächtnis ist sehr wichtig, wenn man lügen will, siehst du wohl.*

»Gut«, sagte sie ganz unberührt und schloss ab. Damit war die Sache erledigt. Mit den Büchern im Arm wandte sie sich zu Belinda. Zeit, zum Unterricht zu gehen.

Und da war *ich* es plötzlich, die fand, dass alles peinlich und unangenehm war.

Meine Tasche zum Beispiel. Ein dunkelgrüner Rucksack. Es war kein Pu-der-Bär-Rucksack mit kindischen Aufdrucken, wie ich ihn in der ersten Klasse hatte, aber jetzt gerade kam er mir so vor. Niemand würde deswegen ›*Oh my god!*‹ kreischen und finden, dass er wahnsinnig hübsch war, denn er war bloß praktisch, dunkelgrün und superlangweilig. Kein Gold oder so etwas.

Und mein sogenanntes Portemonnaie? Hello … Ein kleiner Geldbeutel aus grauem Stoff mit lila Stickerei, den Mama auf einem *Handarbeitsmarkt* gekauft hatte. Ohne Fächer für Kreditkarten. So ein dämliches Portemonnaie hätte man nicht, wenn man losging, um Gucci-Taschen zu kaufen. Damit wäre man eine einzige Peinlichkeit. Es war nirgendwo *cool* oder *rich* oder *famous*.

Der Unterschied zwischen meinem Rucksack und Tessas Goldtasche war das, was man damit machte. Mit meinem Rucksack ging man nur zur Schule hin und zurück. Nach Hause, um seine Hausaufgaben zu machen und fleißig und langweilig zu sein und nie irgendetwas Spannendes zu erzählen zu haben. Mit so einem Rucksack passierte *nichts*. Oder mit mir, also.

Mit Tessas Goldtasche aber, ja, ich wusste es nicht, aber vielleicht machte man eine Runde in die Stadt hinunter und trank mit irgendeiner netten Person Kaffee. Einem Jungen vielleicht? Oder man ging vielleicht auf einen Sprung zu Dexter hinüber und schaute einen Film. Tauschte Telefonnummern mit solchen, die Wille und Amir hießen. Schrie ›*Oh my god!*‹ und so weiter. Einfach ganz schön viel mehr *action*.

Ich weiß schon, dass Tessa und ich verschieden sind. Das ist absolut nichts Neues.

Sie spielt zum Beispiel Fußball und schwimmt. In manchen Wochen hat sie unzählige Trainingseinheiten und Spiele. Sie liebt Sport. Ihr Papa liebt Sport.

Ich habe auch Fußball gespielt, aber vergangenes Jahr habe ich damit aufgehört. Ein Glück. Ich liebe Sport *nicht*, habe es nie getan, sondern nur versucht, damit anzufangen.

Ein anderer Unterschied zwischen uns ist, dass sie viel sozialer ist als ich. Wenn ich fünf Personen grüße, also solche, die nicht in unsere Klasse gehen, sondern andere, dann grüßt Tessa mindestens fünfzehn. Sie kennt überall Leute und mag es, jeden Tag in der Woche etwas mit anderen zu unternehmen. Ich mag es an einigen Tagen in der Woche Sachen zu unternehmen und dann zwischendurch zu Hause zu sein und nichts Besonderes zu machen: z.B. Bücher lesen, ein bisschen schreiben und Geige spielen, damit Izzy findet, dass ich gut bin und so.

Bisher war das vollkommen in Ordnung, denn es waren ja trotzdem Tessa und ich. Seit dem Kindergarten waren wir beste Freundinnen, und ich kam mir nie unangenehm, falsch oder anstrengend vor, wenn ich mit ihr zusammen war. Im Gegenteil. Ich fühlte mich, wie es besser nicht geht.

Aber jetzt, wo ich ihr und Belinda zuhörte, fühlte es sich so falsch und peinlich an. Wieder. Denn sie weiß doch, dass ich es mag, in die Stadt zu gehen, oder dass ich gerne von einem gewissen Kaffeetrinken mit Dexter erfahren wollte, aber es war ihr egal. Ganz offensichtlich. Und wenn ich dann ein bisschen etwas darüber fragte, wurde sie in Nullkommanichts gereizt und fauchte mich an. Das bedeutete doch etwas. In Bezug auf mich. Oder uns. Und es bedeutete nichts Gutes, da war ich mir ziemlich sicher.

Als ich von der Schule heimkam, saß Mama in der Küche, Rezepthefte und Kochbücher aufgeschlagen auf dem Tisch, und schrieb eine lange Einkaufsliste. Sie hatte das ganze Wochenende gearbeitet, weshalb wir uns nicht so viel gesehen hatten, aber als sie mich begrüßte, schien es, als ob wir mindestens eine Woche lang getrennt gewesen wären. Umarmungen und Küsse und freudige Ausrufe.

»Lies das hier«, sagte sie dann. »Findest du das gut?«

Ich ließ den Zeigefinger den Essensplan hinuntergleiten. Indische Fleischbällchen mit Reis, Blutpudding, Nudeln mit Tomatensoße, vegetarische Lasagne, Ofenlachs. Ich nickte und murmelte meine Zustimmung.

»Oh, ein Glück.« Sie küsste mich wieder auf die Wange. »Und kannst du nicht zum Einkaufen mitkommen, dann habe ich ein wenig nette Gesellschaft? Bitteee?«

Sie fragte, als sei es das größte Opfer der Welt für mich,

und im Normalfall wäre ich vielleicht nicht überglücklich gewesen, zum Großeinkauf mitzugehen. Aber heute schien es mir vollkommen in Ordnung. Denn was, wenn Tessa ›beschäftigt‹ wäre, wenn ich sie anrief? Oder wenn sie meinen Anruf einfach wegdrückte und nie zurückrief? Weil sie und die Goldtasche zu lustigeren Abenteuern unterwegs waren.

Es wäre alles viel einfacher gewesen, wenn wir uns wirklich richtig über irgendetwas gestritten hätten. Dann hätte ich nämlich um Entschuldigung bitten oder diskutieren und es wieder hinbiegen können. Aber jetzt? Alles fühlte sich nur unklar, seltsam und ungut an.

»Und du bekommst auch ein süßes Hefeteilchen, wenn du willst«, lockte Mama. »Denk doch, wie lecker. Vielleicht mit Vanillecrème darauf. Echte vom Bäcker.«

Ein Hefeteilchen? Oh. Dann würde ja wirklich *alles* wieder perfekt werden.

Aber ich setzte mich jedenfalls ins Auto und fuhr mit zum ICA Maxi-Supermarkt. Lief im Laden herum und füllte den Einkaufswagen. Als wir am Nudelregal standen und einluden, bog eine Frau von der anderen Seite in den Gang, und Mama warf einen Blick auf sie. »Aber Hallo, Carina!«, rief sie. Und nicht genug damit, denn hinter dieser Carina kam … Ivan! Sowohl er als auch ich stutzten à la ›Oh, ist sie/er das?!‹, als wir uns erblickten.

Jepp, eindeutig er. Stones-T-Shirt und alles, was man kannte. Zum Beispiel dieser ernste Gesichtsausdruck. Aber weder er noch ich riefen ein fröhliches ›Hallo, hallo!‹, wie unsere Mütter es getan hatten. Er sah nur mittelmäßig verlegen aus, als er ein leises »Hallo« zu mir sagte. Sozusagen gezwungen war, Hallo zu sagen.

»Ah ja, ist das hier das Montagsvergnügen?«, lachte seine Mutter. Carina hieß sie ja offenbar. »Großeinkauf.«

»Ja, ja«, sagte meine Mama. »Aber mit Assistenten ist es doch etwas vergnüglicher.« Sie legte einen Arm um meine Schultern und drückte mich. Es war genau so etwas, bei dem Pontus und ich immer zischten ›Mensch, aufhöööören‹. Warum mussten Eltern ihre Kinder immer so wahnsinnig überdeutlich vorzeigen? Wissen sie nicht, dass alle längst verstanden haben, dass man verwandt ist? Und diese Aussage klang außerdem so, als wäre ich ungefähr fünf Jahre alt und fände es superlustig, mitzukommen und beim Einkaufen Assistentin zu spielen. Vielleicht hatte ich sogar darum gebettelt.

Oh noooo.

»Das ist ja gut«, sagte Ivans Mutter. »Wir haben auch noch neue Schuhe und Jeans geshoppt, haben also die Gelegenheit genutzt, alles auf einmal zu machen.«

Er war also ein bisschen cooler als ich, denn er hatte eine gültige Ausrede, mitzukommen.

»Aber ihr geht doch jetzt sicherlich in dieselbe Schule?«, fuhr die Mutter fort. Carina. »Seid ihr sogar in derselben Klasse?«

Ivan schüttelte den Kopf. »Selbes Französisch.«

»Oho!«, sagte meine Mama und klang übertrieben beeindruckt. Genau derselbe Tonfall, den Pontus hat, sobald er von Ida redet. *Unglaublich! Dasselbe Französisch!* »Wie toll! Gefällt es dir?«

Er zuckte mit den Schultern. »Es ist schon ok.«

»Und wie ist es mit eurem Haus?«, fragte Mama. »Habt ihr euch schon eingerichtet?«

»Mehr oder weniger«, sagte Carina. »Wir haben auf jeden Fall inzwischen …« Bla bla bla. Gardinen. Müssen noch ein paar Schränke kaufen. Aufbewahrungssystem. Bla bla bla. Und dann sagte Carina: »Aber kommt doch einmal auf einen Kaffee vorbei, dann könnt ihr es sehen!«

Kaffee? Wen meinte sie denn? Nur Mama oder auch mich? Ivan und ich sahen uns mit einem ziemlich erschreckten ›Was?!‹ wieder an, aber wie erwartet war Mama völlig überschwänglich und biss direkt an.

»Ja, sehr gerne! Ich war noch nie in diesen neuen Häusern drinnen, schrecklich gerne!«

»Toll«, lächelte Carina. »Wir verabreden dann einfach einen Tag.« Und dann sah sie Ivan und mich an und lächelte. »Wir sehen uns dann.«

Wir?

»Ich kenne ihn nicht«, sagte ich zu Mama, sobald sie außer Hörweite waren. »Da kannst du alleine hingehen.«

»Ihr geht doch in dieselbe Klasse?«

»Hallo, das tun wir überhaupt nicht! Es ist ein riesengroßer Unterschied, zusammen in dieselbe Klasse oder bloß ins selbe Französisch zu gehen.«

»Ja, ja, trotzdem. *Fast* dieselbe Klasse«, wandte sie ein. »Du kannst ja wohl mitgehen und ein bisschen …«

Das ist wieder typisch für sie, so etwas nicht zu verstehen. Als ob Ivan und ich automatisch Freunde wären, nur weil wir gleich alt sind, Französisch lernen und unsere Mütter offenbar am selben Arbeitsplatz arbeiten und es lieben, über Garderobenmöbel zu reden?

Ich konnte mir schon genau vorstellen, *wie* still es bei diesem Kaffeetrinken werden würde, und *wie* langweilig er mich finden würde, weil mir nie etwas Lustiges zum Reden einfiel. Ich bin nun mal nicht gut in Smalltalk. Ich bin keine Tessa. Aber so etwas geht nicht in Mamas Kopf. Ob sie mit allen anderen Menschen der Welt Kaffee trinken wollte, die auch 41 Jahre alt sind? Kann ich mir nicht vorstellen.

»Aber verstehst du nicht, wir kennen uns nicht«, wiederholte ich. »Wir sind nicht befreundet.«

»Nein, noch nicht, ja!«, sagte sie, und ich seufzte nur.

Genau das hier würde passieren, wenn ich anfangen würde von Tessa, der Tasche, Belinda und all dem zu erzählen. Mama würde nur etwas sagen wie ›Aber ihr könnt doch wohl zu dritt zusammen sein?‹ und glauben, dass sie auf eine superschlaue Lösung gekommen ist. Oder: ›Belinda ist doch wohl gar nicht so schrecklich, wenn man ihr eine Chance gibt?‹ Und: ›Ja, aber Tessa war vielleicht einfach nur ein bisschen müde?‹ Denn alle wollen immer zusammen sein, kein Problem.

Das mit der Tasche und dem Portemonnaie würde sie definitiv nicht verstehen. Sie würde überhaupt nie verstehen können, was mit *meiner* Tasche nicht in Ordnung war. Sie ist doch ganz und sauber. Wird noch fünfzig Jahre halten. Das ist doch wunderbar? – *Oh no!*

»Sie sind doch neu hier«, sagte Mama. »Er kennt sicher noch nicht so viele, da kann man wohl ein bisschen freundlich sein und sich Mühe geben. Er wirkt doch nett?«

»Aber Mama, lass es.«

Sie schaute mich an wie ›Was denn, warum das?‹. Genau, wie ich vermutet hatte.

»Das funktioniert so nicht mehr, verstehst du das nicht?«, sagte ich. »Wir sind nicht mehr fünf. Du kannst uns nicht einfach überallhin mitschleppen und sagen: ›Oh, schau mal, ein Freund. Spielt!‹ Er will das nicht. Und ich auch nicht.«

Du, warte!«, sagte am nächsten Tag jemand hinter mir, als ich gerade aus der Schulbibliothek hinausging, wo ich ein paar Bücher zurückgebracht hatte. »Äh ... du ...«

Ich drehte mich um. Mist, es war Ivan. Was, wenn er über das Kaffeetrinken reden wollte?! Seine Mutter hatte ihn vielleicht beauftragt, es heute ›auszumachen‹. Meine Mutter hätte das leicht tun können. Und dann würde sie nicht aufhören davon zu reden und mich jeden Tag daran erinnern, bis ich heimkam und eine Zeit sagen konnte, zu der wir dorthin gehen und das Aufbewahrungssystem anschauen würden.

»Äh ... Hallo«, sagte er verwirrt. Es klang wie »Hallo ...?«

»Majken«, ergänzte ich etwas abwartend, falls es das war, was ihn jetzt verunsicherte. Einem Menschen hinterherzurufen, an dessen Namen man sich nicht erinnert.

Erst recht, wenn man in dieselbe Französisch-Klasse geht und ihn gerade mit den Müttern getroffen hat. Und besonders, wenn man ein Kaffeetrinken verabreden soll.

»Genau. Majken«, wiederholte er. »Und ich heiße Ivan. Wirst du … ich habe eine Frage. Der Musiklehrer, wie heißt er nun wieder …«

»Hasse.«

»Genau, Hasse.« Ivan sah verlegen aus. »Entschuldige, ich bin neu. Und ein bisschen *slow*. Daher weiß ich keine Namen.« Eine schnelle Röte zog über seine Wangen. »Auf jeden Fall, er fragte, ob ich bei irgendeinem Elternabend in ein paar Wochen dabei sein kann und spielen möchte. Machst du das?«

Ich schüttelte den Kopf. »Nein. Aber ich spiele auch nicht Gitarre.«

»Nee?«

»Nein. Es ist also ein bisschen etwas anderes.«

»Wobei ich Ja gesagt habe«, sagte Ivan, und das Verwirrte war wieder da. »War das schlecht?«

»Nein, überhaupt nicht, du kannst absolut mitmachen, wenn du willst.«

»Okay … aber, sozusagen …« Er sah zweifelnd zum Bibliothekar hinüber, der gerade etwas an einem Bücherregal nicht weit von uns zu tun hatte. »*Will* ich das?«, betonte er. »Oder ist es besser, nicht …?«

Ahaaa. Jetzt verstand ich. Es ging überhaupt nicht um irgendein Kaffeetrinken. Ein Glück! Es ging nur darum, ob es albern war, bei Musikauftritten an dieser Schule dabei zu sein oder nicht. Würde er einen großen Fehler begehen und in irgendeiner Art als blöde abgestempelt werden, wenn er auf Hasses Vorschlag einging?

Ich entspannte mich und sah ihn etwas genauer an. Wieder das Rolling-Stones-T-Shirt. Er musste es lieben, wo er sozusagen darin wohnte. Und dann die langen Haare vorne, die hochgepustet wurden. Samt einer Gitarre. Und Evelinas und Tessas Gerede über Jeppe in Arvidsjaur. So weit nirgendwo etwas besonders Albernes.

»Was wirst du spielen?«

»Weiß nicht. Hasse sagte, dass irgendwelche Mädchen, die Freja und Anna Berg-irgendwas heißen, Begleitung brauchen. Ein anderer Junge soll auch dabei sein.«

»Und wie gut bist du?«

Er zuckte mit den Schultern. »Auf jeden Fall irgendwie mittel? Gitarre ist das Einzige, was ich mache. Also, ich spiele nicht Fußball oder so etwas.«

»Ja, aber, dann. Mach«, entschied ich. »Freja ist super, sie singt immer bei Schuljahresabschlüssen und so. Letztes Mal war es ein Adele-Song, und die Leute haben *geweint*. Besser konnte es nicht sein. Sie geht in die Neunte. Ziemlich klein, hat rot gefärbte Haare, ungefähr so?« Ich zeigte einen Pony und schulterlange Haare, aber er schüttelte den Kopf.

»Sorry. Ich kenne ja kaum die in meiner Klasse.«

»Du kannst auf Youtube suchen, da findest du es bestimmt. Ja, denn das kann übrigens passieren! Dass jemand filmt und es hochlädt. Wenn du das in Ordnung findest, dann ...«

Ivan machte eine Gitarren-Spiel-Geste mit den Händen. »Aber *nice*, dann mache ich es doch?«

»Ja, mach es. Der andere Junge heißt sicher Måns. Er ist auch gut. Geht in die Achte.«

»Måns in der Achten. Okay. Danke.« Sein Gesicht wurde von einem Lächeln durchzogen, und dann sagte er wieder »wie *nice*«. Er sah in der Tat richtig fröhlich aus.

»Gerne«, sagte ich und konnte es nicht lassen zurückzulächeln. »Hast du übrigens einen Cousin oder so etwas in Arvidsjaur?«

»Nein. Wieso?«

»Du ähnelst nur jemandem.«

»Aha. Wobei wir keine Verwandte dort haben. Zumindest nicht, soweit ich weiß.«

Dann verstummten wir beide, während wir uns gegenüberstanden.

»Ist das die ...?« Ich zeigte auf seine Jeans. »Schick.«

»Was denn?« Er sah die Jeans an und verstand dann, was ich gemeint hatte. »Nein, nein, die hier ist alt.«

»Okay, aber trotzdem.« Ich sah zum Ausgang. »Du, ich muss …«

»Ja, doch, ich auch. Bei uns geht es auch weiter.«

Ich hielt ihm die Tür auf, und wir gingen aus der Bibliothek hinaus.

»Vielleicht sehen wir uns am Nachmittag«, sagte er. »Tschüss, Majken.«

»Majken« sprach er sehr genau und deutlich aus, wie: ›Sieh mal, ich weiß immer noch, wie du heißt.‹

»Tschüss, Ivan«, sagte ich genauso deutlich und bekam ein anerkennendes, kurzes Lächeln, ehe er in seine Richtung verschwand.

Am Nachmittag sahen wir uns. Als ich reinkam, saß er da auf der Bank und wartete. War mit seinem Handy beschäftigt, aber sah auf, als ich die Türe öffnete.

»Hallo, Majken«, sagte er auf die gleiche deutliche Art wie in der Bibliothek. So ›sieh mal, mehrere Stunden sind vergangen, aber ich erinnere mich immer noch, wie du heißt‹.

»Hallo, Ivan«, sagte ich genauso.

»Hasse war total ›wie toll‹«. Ivan steckte das Handy in die Hosentasche. »Morgen haben wir die erste Probe.«

»Toll.«

»Hmm.« Er klopfte mit dem Zeigefinger auf meinen Geigenkasten. »Bist schlecht, oder?«

»Was?! Nein, überhaupt nicht!«

»Ja, aber, weil du nicht dabei bist?«

»Aber doch nicht deswegen!«

Ivan kicherte. Offensichtlich hatte er diese Frage nicht ernst gemeint.

»Aber ich bin gut«, protestierte ich trotzdem und fühlte mich etwas beleidigt, auch wenn es nur ein Scherz war. »Aber du weißt, Geige. Das ist ja nicht dasselbe wie Gitarre.«

»Ahaaa«, nickte er. Es klang wie: ›Oookay, ich verstehe. Natürlich spielst du schlecht.‹

»Frag doch Izzy«, beharrte ich. »Ich bin eigentlich ziemlich ok. Meistens zumindest. Und du *weißt* doch, dass Geige anders ist als Gitarre. Gib es zu. Gitarre ist cooler.«

»Ja, ja, ich gebe es zu.« Er nickte wieder. »Und entschuldige, es war doch nicht ernst gemeint.«

»Schön«, sagte ich und versuchte, es etwas trocken klingen zu lassen, aber als wir uns ansahen, kicherten wir beide. Es ließ sich nicht vermeiden, obwohl er hier saß und tat, als ob er mich beleidigte.

»Wie lange spielst du denn schon?«, fragte er.

»Seit ich neun bin.«

»Ich bin seit der ersten Klasse dabei.«

»Das ist ja lange. Bist du wirklich nur mittel?«

Ivan zuckte mit den Schultern. »Vielleicht bin *ich* schlecht. Hast du daran gedacht? Ich bin vielleicht eine Person, die sehr, sehr langsam lernt.«

Ich sah auf seine Arme und Hände, die auf den Knien ruhten, und dann zu ihm hoch. Er begegnete meinem Blick, und es war zu merken, dass er versuchte, ernst zu bleiben.

»Nein«, sagte ich. »Das glaube ich nicht.«

Er zuckte wieder mit den Schultern und hörte auf, ernst zu sein. »Wir werden sehen.«

Es war so seltsam. Bis jetzt hatte er immer verlegen oder ganz uninteressiert ausgesehen, aber jetzt saß er hier und scherzte und kicherte und so. Wie der größte … Witzbold. Das war das Wort, das mir in den Kopf kam, als ich ihn ansah. Was für ein Witzbold. Und als einige Minuten später Izzy und Ivans Lehrer kamen, *unterbrachen* sie uns bei unserer *Unterhaltung*.

»Hallihallo«, rief Izzy wie immer.

Ivan sah von ihnen zu mir.

»Was, wenn ich jetzt frage«, sagte er leise, sodass nur ich es hörte. »Soll ich?«

Er meinte, über mich. *Wie gut ist Majken eigentlich auf der Geige? Auf einer Skala von 1–10?*

»*Just do it.*« Ich versuchte, cool und unberührt zu klingen. Streckte mich sogar ein bisschen.

»Wie geht es euch heute, ihr Musikanten«, fragte Izzy, als sie bei uns angekommen war.

»Sehr gut«, sagte ich.

»Mmh, mir auch«, sagte Ivan, und dann gab es eine kleine Pause und ich hielt den Atem an. Wenn er wirklich fragte, und noch schlimmer, wenn Izzy sagte: ›Jooa, Majken ist so naja, man kann sagen, da gibt es schon einiges zu tun. Eher so bei drei von zehn.‹ Will sagen, dass ich auf der Geige ungefähr genauso schlecht wäre wie beim Fußball. Nur, dass ich das mit dem Fußball ja die ganze Zeit wusste und es keine Rolle gespielt hatte. Mit der Geige spielte es aber eine Rolle. Eine große sogar. Und aus irgendeinem Grund würde es sich noch schlimmer und beschämender anfühlen, wenn Ivan es auch erfahren würde. Besonders, wo ich hier gesessen und ›Aber ich bin gut‹ gesagt hatte.

Doch dann stand er auf und ging, ohne ein Wort zu Izzy zu sagen, seinem Lehrer hinterher.

»Dann viel Glück heute«, sagte er nur mit einem verschmitztem Lächeln zu mir, ehe er die Tür zuzog.

Oh-oh-oh.

Es ist immer toll, wenn Izzy findet, dass ich gut spiele und so, aber der lustigste Teil des Unterrichts ist meist am Schluss, wenn sie auf die Uhr schaut und sagt: »Aber du, waren wir jetzt nicht fleißig genug?« Das bedeutet, dass wir mit Reden beginnen können. Ob sie bei ihrer Band mit etwas zugange war oder ob bei mir etwas Besonderes passiert war oder ... dies und das.

Sie erzählte, dass sie das ganze Wochenende bei einer Hochzeit gewesen war. Ein alter Freund von ihr hatte geheiratet. Und heute Abend würde sie schnell nach Hause gehen, um für einige andere Freunde zu kochen, die für die Hochzeit hierher nach Umeå hochgefahren waren und ein paar Tage länger blieben.

»Zum Beispiel mein allererster ›Freund‹!«, kicherte sie und machte Anführungszeichen in die Luft.

»Wie denn ›Freund‹?«, fragte ich und machte sie nach.

»Ja also, du ... Diese Geschichte ist ziemlich lustig.«

Der ›Freund‹ war ein Junge, der Emil hieß und mit dem Izzy seit der Grundschule in dieselbe Klasse gegangen war. Sie waren immer sehr gute Freunde gewesen. Izzy und alle seine Freunde wussten, dass er ungefähr *forever* schwul war. Als sie in die 10. Klasse kamen, bekam Emils Vater Arbeit in Lycksele, und die ganze Familie zog dorthin. Emil wollte wirklich nicht dorthin ziehen, aber er musste ja. Und in Lycksele war eine andere Atmosphäre. Als er auf die Schule kam, lief er also nicht einfach herum und sagte öffentlich, dass er schwul war, sondern redete einfach nicht über diese Dinge. Fühlte sich deprimiert, einsam und gelangweilt. Nach einem Monat fuhr Izzy für ein Wochenende dorthin zu Besuch, und als sie da in der ›Stadt‹ (wieder machte sie Anführungszeichen in die Luft) unterwegs waren, trafen sie auf ein paar Mädchen aus seiner Klasse. Nachdem sie sich begrüßt hatten, fragte eines der Mädchen, wie lange sie schon zusammen wären, und er murmelte einfach irgendetwas zur Antwort. Er sagte jedenfalls *nicht* ›Nein, nein, wir sind überhaupt nicht zusammen!‹ Und Izzy stutzte und protestierte auch nicht, denn es fühlte sich so seltsam an, als er ... Hier gab es eine weitere Kicherpause.

»Ich dachte nur ›Ach, was soll's‹, und dann nahm ich Emils Hand und versuchte, richtig verliebt auszusehen.

Und er starrte mich verwundert an, wie ›Hallo, was machst du denn jetzt?!‹, aber da war es zu spät, etwas zu sagen, denn dann würden die anderen uns seltsam finden. Wir standen also da und hielten uns an der Hand und redeten ›ganz normal‹ mit den Mädchen. Und als wir weitergingen, ließen wir uns nicht los, ehe wir außer Sichtweite waren. Dann brachen wir zusammen. ›Warum hast du nichts *gesagt*?‹ – ›Aber das *habe* ich doch!‹ – ›Nicht so, dass es jemand *verstand*!‹ – ›Na toll, oooohh!‹ Aber dann machten wir damit weiter, sobald wir aus dem Haus gingen. An dem Wochenende war es *das Ding*, dass wir in der Öffentlichkeit als Paar aussehen wollten.«

»Und die Leute sind darauf reingefallen?«

»Ja, echt! Ohne Probleme. Alle glaubten, dass ich seine Freundin war.«

»Habt ihr auch weitergemacht und euch geküsst und so was?«

»Nein, das war nicht nötig. Als wir am Busbahnhof waren, umarmten wir uns zum Abschied. Aber das hätten wir ja sowieso gemacht. Wobei es nicht mehr war. Man muss tatsächlich gar nicht dastehen und so tun, als ob man miteinander rummacht, um trotzdem auszusehen, als wäre man zusammen. Jedenfalls nicht, wenn die Leute schon glauben, dass man es ist.«

»Wie ging es dann weiter?«, fragte ich. »Bist du noch

öfter dort gewesen? Und gab es niemanden, der verstand, dass ihr nicht zusammen wart?«

»Ich glaube, dass er sagte, wir hätten einfach Schluss gemacht. Fernbeziehung, das funktioniert nicht, bla bla. Keiner merkte also, dass es *fake* war. Er hatte dort oben in Lycksele nie richtig einen Freund, und die ganzen Sommerferien war er hier in Umeå. Und sobald er mit dem Gymnasium fertig war, zog er nach Stockholm.« Izzy lächelte und schüttelte den Kopf. »Emil und ich. *Boyfriend number one.* Und jetzt ist er mit einem Jungen zusammen, der Malkolm heißt.«

»Und du bist sicher, dass er nicht heimlich in dich verliebt war? Vielleicht murmelte er so, weil er es nicht wagte …«

»Hundert Prozent sicher!«, unterbrach sie. »Deshalb war es für uns so leicht, so zu tun als ob. Wenn einer von uns heimlich in den anderen verliebt gewesen wäre, dann hätte es überhaupt nicht so gut funktioniert. Aber wir waren wirklich *nur* Freunde.«

Sie lächelte. »Es war beinahe wie in einem alten Film, *Can't buy me love*. Den kannst du mal schauen, wenn du willst. Ziemlich gut.«

Ich nickte.

»Schaust du übrigens *Grey's anatomy*? Denn der *Can't buy me love*-Junge spielt in der Serie mit. Patrick

Dempsey. Aber, wie auch immer«, sagte sie und schielte wieder auf die Uhr. »Üb jetzt viel und sorg dafür, dass die Lernkurve weiterhin steil nach oben zeigt, okay?«

»Ich schwöre.«

»Versprich und schwöre.«

Das sagten wir jedes Mal, und dann gaben wir uns die Hand darauf. Das war wie ein kleines Abschiedsritual. Und manchmal bekam ich dann auch eine kleine Umarmung, so wie heute.

»Weiß Malkolm davon?«, fragte ich, als ich die Geige eingepackt hatte und fertig zum Losgehen war.

»Rate mal?«, lächelte Izzy. »Er hat es mindestens dreißig Mal gehört. Und heute Abend wird er es bestimmt noch ein weiteres Mal hören, um auf der sicheren Seite zu sein.« Sie legte wieder den Arm um meine Schultern. »Bis in einer Woche.«

Ich hielt die Daumen, als ich die Tür öffnete. Es wäre so perfekt, wenn wir das Verabschieden wieder so mit Ivan timen könnten. Denn wenn er vorbeiginge und Izzys zufriedenes Gesicht sehen könnte, dann würde er wirklich verstehen, dass ich meine Sache beinahe perfekt gemacht hatte und insgesamt eine beispielhafte Musikschülerin war. Aber leider. Der Flur war leer und kein Gitarrenklang kam aus dem Raum nebenan. Er war wohl schon vor mir fertig gewesen.

Das nächste Mal sahen wir uns bei Französisch am Donnerstag. Ivan kam direkt zu Molly und mir.
»Ich weiß jetzt, wer Freja und alle sind«, sagte er. »Wir haben gestern geprobt.«
»Weißt du auch, was ihr spielen werdet?«
Er nickte.
»Und?«
Er schüttelte den Kopf. »Geheim.«
»Was? Warum denn das?«
»Wenn man beim Auftritt nicht dabei sein will, dann muss man eben warten wie alle anderen auch. So ist das Leben.« Er sah sehr zufrieden aus und machte eine Mund-verschließen-Geste. »Tja, was lange währt...«
»Bäh. Sie verraten sowieso immer das ganze Programm im Voraus«, erfand ich. »Erst redet dieser und dann jener, und dann spielen Hasse und Måns den und den Song. Es steht auf der Website. Ungefähr eine Woche davor.«

Sowohl Ivan als auch Molly sahen mich zweifelnd und/oder etwas verwirrt an.

»Aber gestern haben sie gesagt ...«, begann Ivan, im selben Augenblick, als Molly sagte: »Ist das so? Das habe ich noch nie gesehen.«

Da kapierte Ivan es und lachte: »Ha! Beinahe, Majken. Jetzt werde ich dir *wirklich* nichts sagen. Bis zuletzt bleibt es supergeheim.«

»Also Molly!«, beklagte ich mich. »Mach doch bitteschön mal ein bisschen mit!«

»Aber Entschuuuldigung, das wusste ich ja nicht.«

»Nein, aber danke, Molly«, grinste Ivan. »Ein Glück, dass du es nicht wusstest.«

»Woher kennst du ihn?!«, flüsterte Molly neugierig, nachdem wir hineingegangen waren und uns gesetzt hatten.

»Was heißt kennen, aber er spielt Gitarre. Du weißt, wenn ich Geigenunterricht habe. Und er spielt nicht Fußball und hat keine Cousins in Arvidsjaur. Aber unsere Mütter arbeiten in derselben Abteilung.«

»Oho.« Molly sah heimlich in seine Richtung. Hoffentlich merkte er es nicht und verstand, dass wir über ihn sprachen.

»*Mademoiselles!*«, sagte Malin und klatschte in die Hände. *Sie* hatte gemerkt, dass wir flüsterten.

Piong!« Evelina ahmte einen knallenden Pistolenschuss nach. »Wisst ihr, was das war? Mein Hosenknopf, der abgekracht ist, weil der Bauch …« Mit den Händen zeigte sie, wie er wuchs.

»Total, auch bei mir.« Molly legte sich auf den Boden und faltete die Hände über ihrem Bauch. »Dienstag werde ich wieder Hunger haben. Vielleicht. Aber das war es wert.«

»Absolut«, sagte ich und rollte mich auf die Seite.

Es war Sonntagnachmittag und wir lagen alle zusammen auf Mollys Teppich. *Afternoon tea*. Tessa hatte frisch gebackene Cookies mitgebracht, die ihre Mutter gemacht hatte, und dann haben wir hier bei Molly üppige Muffins und Schokoladenkugeln gebacken. Jetzt lagen wir ausgestreckt auf dem Teppich und atmeten und blubberten nur noch.

»Und heute Abend sind wir noch bei Olle zum Essen«,

schnaufte Tessa. »Ich werde vielleicht einen Teelöffel voll schaffen.«

Olle ist der neue Freund von Tessas Mutter. Er wohnt in Carlshem und hat zwei Söhne, die aufs Gymnasium gehen. Laut Tessa sind sie okay, wenn auch ein bisschen langweilig. Ich bin ihnen nie begegnet.

»Bitte um ein Doggy Bag«, schlug Evelina vor. »Sag, dass du gerade heute einen Anfall von Magersucht hast, aber dass es morgen sicherlich vorbei ist.«

»Weißt du, wie nervös Mama dann werden würde?«, sagte Tessa. »Eine ihrer Cousinen hat eine Tochter, die magersüchtig war, und … Ja, ihr wisst schon. Es ist ungefähr fünf Jahre her, dass das Mädchen einen Apfel essen konnte, ohne sich fett zu fühlen.«

»Kämpfe, Tessa. Iss den Apfel.« Evelina hob die geballte Faust.

Da lagen wir also, wild durcheinander auf dem Teppich, sehr müde und zufrieden, und redeten in kleinen Fetzen über alles und nichts.

»Gestern, als ich meinen Bruder abholte, habe ich übrigens den Jungen von Französisch gesehen«, sagte Molly. »In den neuen Häusern hinter der Schule.«

»Welchen Jungen?«, fragte Evelina.

»Der Neue in der 6b«, sagte Molly. »Er geht in Französisch und Mikey ist so ungefähr seine beste Freundin.«

»Übertreib doch noch mehr, wir haben zweimal miteinander geredet«, berichtigte ich. »Er hat gleichzeitig wie ich Musikunterricht. Das ist alles.«

»*Er* spielt Geige?« Tessa wandte sich verwundert zu mir.

»Nein, Gitarre.«

»Dachte ich mir doch. Er sieht nämlich nicht aus wie ein Viol … wie heißt das? Viol…ist?«

»Violinist«, klärte Molly auf.

Tessa und Evelina rollten sich auf den Bauch, sodass sie uns ansahen.

»Wie heißt er?«, fragte Evve.

»Ivar, nur mit ›n‹«, antwortete Molly.

»Ivan.« Evelina testete den Namen ein paar Mal. »Ist er Russe?«

»Frag Majken«, sagte Molly. »Auf jeden Fall ist er nicht aus Arvidsjaur.«

»Himmel, ich weiß doch kaum etwas von ihm. Wir haben ›Hallo‹ gesagt, *that's it*.«

»Okay, aber von jetzt an nennen wir ihn trotzdem den Russen. Wenn es nötig ist«, entschied Evve.

»Boah, das wird jetzt aber spannend. *Wenn es nötig ist*«, flüsterte Tessa.

Ich sah sie an, um zu schauen, wie sie es meinte. Im Spaß oder im Ernst? Wer, glaubte sie, würde es nötig haben? Evve vielleicht? Ich nicht, oder?

Wir haben für mehrere Menschen Code-Namen. Meistens Jungen. Jungen, die jemand von uns mag, was aber niemand merken soll, deshalb werden sie umgetauft zu Ajax statt Tom, damit wir ungehinderter reden können. (Oft lassen sich diese neuen Namen nicht ganz logisch erklären.)

Ich habe nie jemanden getauft, denn wenn man in niemanden verliebt ist, dann braucht man auch keine Code-Namen.

Hat Tessa für Dexter schon einen erfunden?

Nach einer Weile steckte Mollys Mutter den Kopf herein. Sagte, dass sie kurz wegmusste und Mollys kleiner Bruder bei einem Freund war. Tessa stand langsam auf, weil sie nach Hause musste. Ich ging auch, obwohl ich keinen Termin hatte. Bei uns zu Hause würden wir nur normal zu Abend essen.

Ein paar Stunden später am Abend simste ich Tessa: *Schon zu Hause?*

Sie: *No. Schaue Film bei Olle. Bald Nachtisch.*

Ich: *Bäh! Langeweile. Will was machen.*

Tessa: *Sorry! Sehen uns morgen.*

Wenn sie zu Hause gewesen wäre, dann hätte ich für eine Stunde vorbeigehen und ein bisschen herumhängen können. Es wäre lustiger gewesen, mit ihr zusammen nichts Besonderes zu machen, als alleine in meinem Zimmer zu sein. Hoffte ich jedenfalls. Wir haben es nämlich oft nett, auch wenn die Stimmung gerade etwas bissig und leicht gereizt werden kann. Aber das ist ja wohl natürlich, solche Auf-und-ab-Phasen? Das geht wohl allen manchmal so?

Mama und Papa lagen auf dem Sofa und schauten fern. Ein langweiliges Musikprogramm. Pontus war irgendwo unterwegs.

»Können wir nicht irgendeinen Film gucken?«, bat ich.

Papa schaute auf seine Uhr. »Jetzt nicht, es ist viel zu spät, um noch mit einem Film zu beginnen.«

»So spät ist es doch gar nicht. Bitte?«

»Neeein, das geht jetzt nicht mehr. Und du musst heute zeitig ins Bett.« Er sagte es auf diese bestimmte Art, bei der man weiß, dass es sich nicht lohnt auch nur eine Sekunde zu quengeln, weil er nie nachgeben würde.

»Schau das hier mit uns«, versuchte Mama es und winkte mich herbei. »Komm und mach es dir gemütlich. Das ist lustig.«

»Das ist es nicht.«

Ich ging wieder hoch in mein Zimmer, sehnte mich nach Tessa und langweilte mich. Dann ging ich früh ins Bett.

Boring.

Der Russe. Ich mochte es nicht besonders.
Erstens war es ein hässlicher Code-Name. Auch nicht besonders schlau. Es war wohl nicht so schwer, Ivan mit dem Russen in Verbindung zu bringen, oder? Wenn es nun nötig war, ungestört über ihn zu sprechen.

Zum anderen mochte ich nicht, dass er ›für den Fall, dass es nötig war‹, einen Code-Namen bekommen hatte. Es fühlte sich stressig an. Evve hatte heute schon gefragt, ob ich Geigenstunde hätte. Darum kümmert sie sich sonst nie. Morgen würden vielleicht mehr Fragen von ihr kommen. Wie war es, was hat der Russe gesagt und gemacht, was wusste ich noch über ihn? Ich musste natürlich jetzt, wo ich die Chance hatte, die Gelegenheit nutzen, um eine Menge herauszufinden. Und der Haken mit diesem ›musste‹ war, dass es mich nervös machte. Bloß weil wir letzte Woche zufällig zusammengesessen und ein wenig geredet hatten, hieß das schließlich nicht, dass es heute auch dazu kommen würde? Vielleicht war es nur Anfängerglück gewesen, denn eigentlich war ich grottenschlecht in Smalltalk.

Der Flur war leer, als ich hereinkam. Er blieb leer, bis es eineinhalb Minuten über der Zeit war, da kamen Ivan und Izzy zusammen. Zumindest gleichzeitig. Beide sahen etwas gestresst aus.

»Hallo!«, winkte Izzy. »Keine Panik! Jetzt sind wir da!«

Ivan winkte nicht. Er lief schnell neben ihr her. So schnell es ging, ohne zu rennen.

»Ist Fredrik schon da?«, fragte er. »Bin ich zu spät?«

Fredrik? Hieß so sein Lehrer?

»Nein, noch nicht, glaube ich.«

Aber ich täuschte mich. Denn genau da wurde die Tür geöffnet, von Fredrik. Er musste dort drinnen gesessen und nachgedacht oder meditiert haben oder so etwas, denn es war keine Musik zu hören gewesen.

»Hi«, sagte er, und Ivan ging gleich ins Klassenzimmer hinein, ohne mit mir zu sprechen. Natürlich. Er hatte schließlich Unterricht. Deswegen war er hier.

»Oh, war das ein Stress!«, schnaufte Izzy. »Ich musste von der anderen Schule hierherrasen. Hast du dir Sorgen gemacht? Dachtest du, ich hätte dich vergessen?«

»Nicht direkt.«

»Nicht? Was?« Sie sah mich neugierig an. »Oh, wolltest du etwas sagen zu …?« Sie nickte in Richtung der Tür, und ich nahm an, dass sie nicht Fredrik meinte.

»Nein, warum denn?«

»Ja, aber, du hast ausgesehen, als ob du wolltest, als wir kamen. Zu …«

Erneutes Nicken in Richtung der Tür, und ich schüttelte den Kopf.

»Kennt ihr euch?«, fragte sie.

»Nein.«

Denn, zu wissen, wie der Gitarrenlehrer einer Person heißt, bedeutet schließlich nicht, sich zu kennen. Auch nicht, wenn man weiß, dass die Person kein Fußball spielt und keine Verwandten in Arvidsjaur hat, aber seit der ersten Klasse Gitarre spielt. Das ist nichts, wofür man einen Code-Namen braucht, um darüber mit seinen Freundinnen zu quatschen.

»Aber du weißt, wie er heißt?«

»Ivan.«

Izzy sah aus, als sei sie mit zehn weiteren Fragen kurz vor dem Platzen, und ich musste seufzen. Warum interessierte sich die ganze Welt plötzlich so für diesen Menschen?

»Also, wollen wir über Jungs reden oder wollen wir spielen?«

»*Und wie* wir spielen wollen! Halt dich fest.«

Ja, aber, komm! Wir gehen nur und …« Belinda nickte mit dem Kopf nach rechts. »*Komm* jetzt.«

»Also, aber, was soll ich … was soll ich sagen?« Tessa zögerte mit ihrem Teller in der Hand.

»Koooomm jeeeetzt«, fauchte Belinda.

Den ganzen Vormittag war zu merken gewesen, dass etwas passiert war, denn Tessa war hibbelig von dem Moment an, als sie in die Schule gekommen war. Sie und Belinda redeten und flüsterten, sobald sie sich trafen, und liefen ständig hin und her. – Tessa mit Belinda! Mit diesem anstrengenden, nervigen Menschen.

»Was ist los?«, fragte ich schließlich. Das hatte ich mich ja bloß die letzten dreieinhalb Stunden gefragt.

Belinda sah mich ärgerlich an. Sie hatte nicht vor, freiwillig etwas preiszugeben, das war deutlich.

»Tessa, komm jetzt doch«, sagte sie noch einmal, um es zu unterstreichen.

Und da gehorchte Tessa. Mit ihrem Fischstäbchenteller in der einen und einem Wasserglas in der anderen Hand lief sie Belinda hinterher, die keinen Moment zögerte, wo sie hinwollte. Zur anderen Ecke der Mensa, wo ich einen bekannten Kopf sah, einem Basketball-Spieler gehörend, dessen Name mit D. begann. Das war das Ziel? Ja, so schien es. Und dorthin sollte ich nicht mitgehen. Das verstand ich klar und deutlich, das hier war nichts, was mich anging. Es war nur für Tessa und Belinda.

»Rechts. Am Fenster.« Hinter mir tauchte Molly auf und gab uns die Richtung vor, und ich trottete hinterher.

Als wir uns setzten, schaute sie sehr neugierig über die Schulter.

»Was ist das mit Tessa und Dexter denn jetzt?«

Ich schaute auch. Dexter und ein anderer Junge aus seiner Klasse, der Abbas hieß, waren zu einem freien Tisch gewechselt, und dort saßen sie nun alle vier. Dexter, Abbas, Tessa und Belinda.

»Sind sie …?« Molly sah sich noch einmal um. »Weil, wenn man losgeht und beim Training von jemandem zuschaut, ist das wohl ein ziemlich deutliches Zeichen?«

Was? Die Gabel blieb mitten in der Luft zwischen dem Teller und meinem Mund stehen. Wessen Training? Wer war wohin gegangen? Dexter zu Tessas? Gestern?!

Oh!

»Ja, ja doch, das ist es wohl«, murmelte ich. »Mmm.«
Danke! Vielen lieben Dank, Tessa, dass du mir nicht erzählt hast, dass du Besuch bekommen hast und vielleicht mit einem Jungen zusammen bist. Nett. Ganz toll. Ehrlich.

Gestern Abend hatten wir ein bisschen gechattet, und sie hatte kein einziges Wort darüber gesagt. *Molly* wusste verflixt noch mal mehr als ich! Ich hatte keine Ahnung, was bei meiner besten Freundin passiert war, obwohl ich mit dieser Freundin gestern nach ihrem Training gesprochen hatte. Genau dieses Training, bei dem es offensichtlich eine Menge spannende *action* gegeben hatte.

»Was haben sie denn gemacht?«, fragte Molly neugierig Evelina, die sich auf den Stuhl neben mir niederließ.

»Nicht so furchtbar viel. Ein bisschen geredet. Also, eigentlich nichts Besonderes, aber …« Evelina klang sehr bedeutungsvoll. Man verstand, dass es nicht irgendein Geplauder war.

»Wir werden sehen«, sagte sie abschließend, sah uns an, und wir nickten.

Jaja, wir verstehen, was abgeht, *oh boy*.

»*Woop, woop!*«, sagte Molly aufgeregt.

Es war so unangenehm, mit ihnen zusammenzusitzen und cool zu erscheinen, als sei mir das alles bekannt. Gleichzeitig hörte ich ganz aufmerksam zu, um so viel wie möglich herauszubekommen. Am liebsten wollte ich natürlich nicht zugeben müssen, wie wenig ich wusste.

Molly nahm einfach an, dass ich Bescheid wusste. Ich *müsste* Bescheid wissen. Es wäre normal. *Sie* würde Bescheid wissen, wenn es um Evelina ging.

Ich versuchte, ein Fischstäbchen in mich hineinzustopfen. Versuchte, geheimnisvoll oder interessiert oder fröhlich zu wirken, als Evve und Molly weiterredeten. Ja, das war total spannend mit Dexter und Tessa! Ja, es wäre so toll, wenn zwischen ihnen etwas passieren würde! Ja, man sieht doch die Zeichen! Jaaa!

Aber: Neeein!

Oder: Tessa darf doch mit Jungs zusammen sein, wie es ihr gefällt, aber warum kann sie es nicht einfach sagen?

Was war das Problem? Ich verstand es nicht. War ich plötzlich so dumm, langweilig, nervig oder gemein, dass ich *nichts* mehr wissen durfte?

Es fühlte sich an, als stünde mir groß auf der Stirn geschrieben, wie wenig ich wusste. Ich versuchte, den Mund normal aussehen zu lassen und das Brennen in den Augen zu vertreiben und die Hände dazu zu bringen, das Besteck normal zu halten. Ich hoffte nur, dass niemand mich genau ansah. Denn es bräuchte nicht mehr als zwei Sekunden, dann würden alle genau verstehen, wie ich mich fühlte. Und wie wenig ich wusste.

Als die Mittagspause vorbei war und Belinda und Tessa von ihrem Ausflug zurückkehrten, wurde es noch schlimmer. Lächelnd und zum Zerspringen gefüllt mit Geheimnissen.

»Nichts Besonderes, aber ich erzähle es später, okay?«, sagte Tessa, als Evve sich neugierig auf sie stürzte und fragte und fragte.

Später. Dann nur für Evve oder für uns alle? Mich inklusive?

Um acht Uhr abends konnte ich nicht mehr länger auf dieses eventuelle ›später‹ warten. Ich wusste, dass sie seit Langem mit Schwimmen fertig war und dass sie etwas hatte essen können. Also ging ich einfach zu ihr. Wir machen das oft, einfach hinübergehen, ohne erst anzurufen und nachzufragen, aber jetzt war ich schrecklich nervös, als ich klingelte.

Ihre Mutter öffnete und sah genauso aus wie immer und rief auch wie immer: »Es ist Majken!«

Und dann kam Tessa mit einem halb aufgegessenen Cookie in der Hand aus ihrem Zimmer.

»Hallo?«, sagte sie etwas erstaunt.

»*Surprise!*«, sagte ich und versuchte lustig zu klingen. Es klang nicht so lustig und Tessa sah nicht so amüsiert aus.

Ich bekam auch ein Cookie und wir gingen in ihr Zimmer. Sie war dabei gewesen, sich irgendwelche Sachen im Internet anzuschauen, also zeigte sie mir das zuerst, und es fühlte sich beinahe wie immer an. Außer, dass ich zu Hause dagestanden und geprobt hatte, was ich sagen wollte, und jetzt nur darauf wartete, mich zu trauen, damit anzufangen.

»Aber du, das alles da mit Dexter …«, sagte ich nach einer kleinen Aufwärmeinheit. »Was ist das?«

»Wie ›was ist das‹?«

»Ja, also, magst du ihn? Seid ihr zusammen?«

»Neee … oder …« Tessa überlegte einen Moment. »Zu Frage eins: Ich glaube Ja, und zu Frage zwei: Nein. Oder, ich weiß nicht. Wir werden sehen.«

»Jaha?« Ich hoffte, es würde noch mehr herauskommen, aber sie drehte sich wieder zu ihrem Computer.

»Schau, das hier.«

Sie rief einen neuen Clip auf! Es war mir scheißegal, welchen blöden Tanz irgendwelche Mädchen sich ausgedacht hatten.

»Ziemlich cool, oder?«, sagte sie.

»Ja, aber …« Ich warf trotzdem einen kurzen Blick auf das Video. »Und das ist alles, was du darüber sagen kannst, oder?«

Es war so schrecklich unangenehm zu fragen, und ich

wusste nicht, wo ich hinsehen sollte. Es fühlte sich an, als ob ich flehte und bat. *Bitte, Tessa, erzähl, pleeeease.*

»Was willst du wissen?«, fragte sie.

»Äh, keine Ahnung?« Am liebsten alles. »Ich weiß nicht.«

Eine Weile lang sagte keiner von uns etwas. Tessa öffnete einen neuen Clip. Ich saß nur stumm da. Alles war noch immer sehr unangenehm, und eigentlich wollte ich am liebsten aufstehen und gehen.

»Ist es geheim? Oder willst du einfach nicht darüber sprechen? Mit mir?«, zwang ich mich dennoch zu sagen.

»Doooch, das will ich schon.«

»Aber du machst es nicht. Es fühlt sich an, als ob wir mindestens seit einem Monat nicht mehr über irgendetwas gesprochen haben.«

»Das haben wir wohl«, sagte sie verteidigend. »Aber wir reden vielleicht über andere Sachen?«

»Was denn für Sachen?«

Sie schaute hinaus in Richtung Wohnzimmer, von wo zu hören war, dass ihre Mutter den Fernseher angeschaltet hatte und zwischen den Programmen hin und her zappte.

»Ja, also, zum Beispiel was so in der Schule passiert und mit Evve und Molly und so was. Und deine Geige und so Sachen. Wir haben doch genau wie immer geredet. Wie als wir bei Molly waren, weißt du?«

»Das finde ich nicht.«

Jetzt seufzte sie.

»Ja, also, Entschuldigung, aber ich finde das nicht«, beharrte ich, obwohl es wirklich wahnsinnig schwierig war, diese Sachen hier zu sagen. Es fühlte sich an, als ob wir näher und näher an einen lebensgefährlich tiefen Abgrund kämen und die ganze Zeit riskierten zu stolpern und hineinzufallen.

»Findest du nicht, dass es eine ziemlich große Sache ist, wenn du anfängst Dexter zu mögen und vielleicht bald mit ihm zusammen bist? Ich finde das schon. Und ich hätte es dir erzählt.«

Tessa seufzte wieder. »Aber Majken, ehrlich, interessiert dich das denn so wahnsinnig?«

»Was? Aber natürlich! Warum sollte es mich nicht interessieren?«

Sie verdrehte die Augen.

»Warum denn nicht?«, fragte ich.

»Jaja, okay, es interessiert dich sehr.«

Sie gab einfach nach. Das war deutlich zu hören.

»Was denkst du, verstehe ich es nicht?«, beharrte ich.

»Warum glaubst du, dass es mich nicht interessiert?«

»Aber … Wenn wir eine Liste mit fünf Sachen machen, die dich am meisten interessieren und über die du so redest, dann sind Jungs da vielleicht nicht dabei?«

Ich starrte sie an.

»Denn das gehört wohl nicht dazu?«, fuhr sie fort. »Und da ist definitiv nichts verkehrt daran. Das meine ich nicht, aber ...«

»Hallo, aber Ivan!«, fiel mir ein. »Über ihn habe ich geredet. Und mit ihm. Gerade gestern erst.«

Gestern eigentlich nur einen Satz, aber egal. Ein Satz *war* immerhin ein Satz und geredet hatte ich auch.

Sie zog ein Gesicht. »Okay, du hast mit Ivan geredet, aber was denn? Magst du ihn?«

Ich wusste nicht, was ich antworten sollte.

»Wie, Majken? *Magst* du ihn?«, fuhr Tessa fort, und etwas Hartes und leicht Herausforderndes war in ihre Stimme gekommen. »Und wenn ja, warum hast du dann nichts gesagt?«

»Ähm, ich weiß nicht, ob ... Wir haben doch nur ...«

Tessa verdrehte wieder die Augen. *Da siehst du.* Sie verstand es genau und ich auch. Nein, ich war ja nicht *verliebt* in ihn. *So* hatte ich nicht an ihn gedacht.

»Man muss mit seinen Freundinnen doch nicht über alles reden. Vielleicht redet man mit einigen über bestimmte Dinge und mit anderen über andere Dinge«, sagte Tessa wieder freundlicher, und der Tonfall brachte meine Wangen dazu, wie verrückt zu brennen. Ich war so lächerlich und bedauerlich und ich gehörte offenbar zu der langweiligen Gruppe, die über ›andere Dinge‹ reden musste.

»Evve und ich zum Beispiel, wir sitzen ja nicht da und quatschen die ganze Zeit über Fußball, wenn wir mit Molly und dir zusammen sind? Weil wir verstehen, dass das nicht so wahnsinnig euer Ding ist. Und das ist ja kein Problem.«

Sie klang so durchdacht und sachlich, dass ich verstand, dass nicht nur ich es war, die geprobt hatte, was sie sagen würde. Es klang nicht so, als ob es ihr in diesem Moment einfiel, sondern als ob sie schon eine ganze Weile darüber nachgedacht hätte. Vielleicht mit Evve darüber geredet hatte? Sie hatten vielleicht zusammengesessen und sich eine Strategie überlegt. Oder schlimmer noch, sie und Belinda!

»Ich kann natürlich über Fußball reden«, sagte ich mit meinen brennenden Wangen. »So viel du willst.«

Tessa sah auf ihre Knie. »Aber, also …«

Dann wurde es still. Ich sah sie an und sie sah ihren Computer an, auch wenn sie keinen neuen Clip startete.

»Worüber sollen *wir* dann reden?«, fragte ich schließlich und stellte mich genau an die Kante des Abgrunds. Man wurde dort schwindelig. Man wagte es nicht, hinunterzusehen.

»So wie immer«, sagte sie.

Also gerade jetzt über nichts.

»Und dann wirst du mit Belinda und Evve und so über alles andere reden?«, sagte ich.

Also, das Lustige und Spannende.

»Ich weiß, dass du Belinda hasst, aber sie ist in Wahrheit sehr in Ordnung.«

Mehr in Ordnung als ich? Aber das würde ich nie zu fragen wagen.

»Müssen wir uns streiten, Mikey? Ich meine nur, dass wir vielleicht ein bisschen … verschieden sind. Und das macht doch wohl nichts?«

»Wir waren doch wohl immer verschieden«, sagte ich. »Und das war früher ja nie ein Problem.«

»Nein, und ich finde auch nicht, dass es jetzt eines ist.«

Nur ich hatte also ein Problem damit. Über gewisse Dinge redete sie gerne mit mir. Schulsachen und so was Langweiliges. Dann redete sie mit ihren anderen Freundinnen über andere Sachen. Lustigere.

»Bitte, müssen wir streiten?«, bat sie traurig noch einmal. »Ich hasse es, wenn wir streiten.«

Was?!

»Ich auch«, sagte ich. »Aber wenn wir nicht reden, fühlt es sich eben so an, als ob wir streiten.«

Und noch mehr, wenn du mich anfauchst und so. Dann fühlt es sich wirklich an, als ob wir streiten.

»Aber wir reden doch!«, rief sie. »Kapier doch, was ich sage! Ich will nicht aufhören, mit dir zusammen zu sein oder mit dir zu reden.«

»Schade nur, dass ich nicht so toll bin.«

»Majken, du hörst nicht zu, was ich sage.«

»Ja, doch, das tue ich bestimmt.«

»Ach Mensch«, seufzte Tessa ergeben. »Ich wusste, dass es so werden würde, weil du immer so wahnsinnig … geradeaus bist. Ich will nicht streiten. Verstehst du?«

Was ich verstand, war, dass ich langweilig, kindisch und irgendwie nicht richtig war. Und ›geradeaus‹, offenbar.

»Nur weil ich finde, dass man als gute Freundinnen miteinander über alles reden kann, bin ich also ›geradeaus‹?«

Tessa sagte nichts, aber der direkte Blick, den sie mir zuwarf, bedeutete etwa ›Ja, das bist du‹.

»Ha«, sagte ich. »Aber dann sind wir auch bei dieser Sache total verschieden. Auch ich will nicht streiten, aber ich verstehe nicht, wie wir Freundinnen sein sollen, wenn ich weiß, dass du so quasi zusammen bist mit Dexter und es total wichtig ist oder dass du mit Belinda in der Stadt bist. Aber dass du mir nie auf irgendetwas antworten willst, wenn ich frage.«

»Boah, jetzt übertreibst du aber«, stöhnte Tessa. »So ist es doch gar nicht.«

»Wie ist es denn dann?«

Sie verdrehte die Augen. »Auf jeden Fall nicht so.«

Aber leider fuhr sie nicht fort mit ›Okay, ja, es tut mir leid, wir werden über *alles* reden, weil ich auch finde, dass gute Freundinnen das tun, und wir sind doch wohl beste Freundinnen, Mikey, wir sind *beste* Freundinnen‹, so wie ich es wollte und hoffte. Sie saß nur schweigend da und sah unglücklich, aber stur aus.

Hier passierte es also? Hier stolperten wir über den Rand des Abgrundes und fielen strampelnd und schreiend in die Tiefe. Tessa und ich. Wenn keiner von uns sagte: ›Aber *shit*, warte doch! Stopp! Findest du wirklich, dass …‹, dann würde Schluss sein.

Und sie meinte es offenbar wirklich ernst, denn sie tat nichts, um den Absturz aufzuhalten. Waren wir nicht mehr beste Freundinnen? Nicht einmal mehr normale Freundinnen? Waren wir von jetzt an gar nichts mehr?

Alle Erinnerungsbilder von uns liefen vor mir ab. Feiern, Fahrradtouren, Kicheranfälle, Schneehäuser, süßigkeitenblaue Zungen. In blitzschnellem Tempo flogen sie vorbei, und irgendwann hatte ich offenbar etwas falsch gemacht, auch wenn ich nicht verstand, wann. Jetzt waren wir unterwegs in die Tiefe des Abgrunds, wo wir an den Steinen zerschellen würden, wenn niemand von uns den Fall aufhielt durch …

Tessa sagte weiterhin nichts, also gab es ein großes, fettes ›*Splatt!*‹, als wir auf den Boden aufschlugen. Der Tod war supereklig. Und schnell.

Ich fühlte mich vollkommen schwindelig und unter Schock, als ich meine blutigen Reste vom Boden des Abgrundes aufsammelte und davonkroch.

Passierte das wirklich? Ernsthaft? Wir waren doch immer beste Freundinnen gewesen! Was würden wir jetzt sein? Feindinnen und Nicht-Freundinnen?

Tessa begleitete mich in den Flur hinaus. Ich zog meine Sneakers und meinen Hoodie an und schluckte die ganze Zeit, schluckte den dicken Kloß vom Weinen hinunter, der ganz oben im Hals saß.

»Ich will mich doch nicht streiten«, wiederholte sie unglücklich, als ich mit einer Hand an der Wohnungstür dastand. »Du? Ach komm?«

Was glaubte sie? Dass ich sagen würde: ›Ach was, dann streiten wir eben nicht, ich gebe nach, ich höre auf, so *geradeaus* zu sein‹, und dann würde ich dasitzen und warten, während sie mit allen anderen herumtanzte, um hin und wieder zu mir zurückzukommen und über ›normale Sachen‹ zu reden. Also langweilige. Aber ich wäre trotzdem glücklich und zufrieden. Obwohl sie manchmal zickig und schlecht gelaunt wäre. Denn solche ›Freundinnen‹ waren wir. Nein danke.

War es passiert?, war das Erste, was ich dachte, als ich morgens erwachte. In echt? Und was, verflixt noch mal, *war* es eigentlich, das gestern passiert war? Tessa fand es so, ich fand es anders. Dann hatte ich gesagt, dass ich nicht auf ihre Weise ihre Freundin sein konnte, und sie hatte gesagt, dass sie nicht streiten wollte. Und dann ... Schluss? Oder? Denn wir waren ja nicht einer Meinung oder hatten uns über irgendetwas anderes geeinigt, als dass wir verschieden waren. Es kam den Abend über auch keine Nachricht. Nichts.

Ich versuchte natürlich, nicht in die Schule gehen zu müssen, aber das gelang nicht. Das dürfen wir verflixt noch mal nie. Auch wenn Pontus und ich uns jeder einen Arm abgerissen hätten und Gefahr liefen, innerhalb von dreißig Sekunden zu verbluten, würden Mama und Papa sagen: ›Ah, nehmt eine Paracetamol und geht zur Schule und probiert es für ein paar Stunden, dann geht es schon vorbei, ihr werdet sehen.‹ Sie sind die härtesten Eltern der Welt, wenn es um Krankheiten geht.

Also schleppte ich mich davon.

Es war ein Tag, der sich anfühlte, als ob es nicht reichte, nur schwarze Kleider anzuhaben. Ich hätte auch schwarzen Nagellack haben müssen und eine große, dunkle Sonnenbrille, hinter der ich mich verstecken konnte. Herumgehen wie ein leibhaftiger Grabstein. *Rest in peace, Tessa und Majken.*

Tessa war schon da, als ich kam, und sah mich mit traurigen Augen an.

»Hallo.«

»Hallo«, antwortete ich zurück. Ich konnte sie kaum ansehen. Es fühlte sich an, als würde ich jeden Moment anfangen zu heulen. Daher konzentrierte ich mich ganz darauf, den Reißverschluss meiner Jacke herunterzuziehen und dann auf den Rucksack. Als ob Reißverschlüsse eine enorm schwere Sache wären, mit der man kaum zurechtkommt.

Warum willst du nicht meine Freundin sein, warum willst du nicht meine Freundin sein, warum willst du nicht meine Freundin sein?

»Aber du …«, unbeholfen berührte sie meine Schulter. Dann stoppte sie. Genau hier hätte sie die Chance gehabt zu sagen, wie falsch sich alles anfühlte, dass es soooo unnötig und soooo wahnsinnig unglücklich war, und sie heute Nacht auch nicht schlafen konnte. Daher, können wir nicht einfach alles streichen und gestern vergessen?

Aber so eine Erklärung kam nicht.

»Weißt du, dass es heute Mittag kleine Pfannkuchen gibt?«, sagte sie stattdessen schnell, und ich wollte schon wieder anfangen zu heulen.

Genauso schrecklich und seltsam und schizo ging es dann weiter. Sonst, wenn wir uns gestritten hatten, waren wir danach sauer und unfreundlich. Es gab also keinen Zweifel darüber, was passiert war. Aber heute war Tessa lieb und freundlich. Wurde nie genervt. Hielt sich dicht bei mir. Lief nicht mit Belinda davon, obwohl Belinda versuchte, sie mit sich zu ziehen. Tessa blieb bei mir. Alles um zu signalisieren: *Aber ich will doch nicht streiten, Majken, verstehst du?*, vermutete ich.

Doch gleichzeitig sagten wir nichts. Keinen Pieps über gestern. Nichts, was irgendwie damit zu tun hätte – zum Beispiel dass sie etwas über Dexter erzählte, was ein Friedensangebot hätte sein können. Sie fuhr nur fort, sich ungefähr so zu benehmen, als ob mein Hund gestorben wäre. Ich habe nie einen Hund gehabt, aber Evve hatte einen, und als er letztes Jahr starb, war sie völlig am Boden. Lief mehrere Tage mit Tränen in den Augen herum und war

›etwas zerbrechlich‹, wie unsere Lehrerin Märta es nannte. Evve ›brauchte Wärme und Halt‹.

Tessa schien zu denken, dass ich Wärme und Halt brauchte in meiner schweren Stunde, als am Boden des Abgrunds Zerschellte, ohne beste Freundin.

Niemand sonst fragte, was mit uns los war. Entweder merkten sie nichts oder sie hatte Nachrichten an alle, die wir kannten, herumgeschickt, sobald ich nach Hause gegangen war. *Jetzt weiß Majken, dass sie langweilig und kindisch ist, und sie hat es nicht so gut aufgenommen. Nur, dass ihr wisst, wie die Lage ist. Küsschen, bis bald!!*

Vielleicht irgendwas in der Art. Pontus hatte mich allerdings heute morgen mit »Hier kommt little Miss Sunshine« begrüßt, mir war also klar, dass ich nicht herumlief und unfreiwillig fröhlich aussah in all meiner Schwärze. (Ich habe ihn superhart auf den Arm geschlagen, *by the way*. Er hat geschrien.)

Schade nur, dass ich nichts von dem Gesetz gewusst hatte, dass alle mindestens einmal hoffnungslos verliebt gewesen sein mussten, bevor sie dreizehn wurden. Wenn ich das verstanden hätte, hätte ich ja so tun können als ob. Mich etwas mehr für das Supermodel Noah ins Zeug legen. Vielleicht für Måns in der Achten. Ein wenig schwärmen. Sitzen wollen und ohne Ende über sie reden, bis alle anderen davon genug hatten. Dann wären wir heute vielleicht nie hier gelandet. Dann wäre ich vielleicht auch nicht so ein Ärgernis gewesen.

Aber auf der anderen Seite ... Mir war es doch zum Beispiel auch total egal, dass Tessa bloß die ersten beiden Bände von *Harry Potter* gelesen und den Rest als Film gesehen hatte? Ich würde doch nie verlangen, dass sie mir deswegen etwas vormachte.

»Heute haben wir die letzte Probe«, sagte Ivan, als wir vor Französisch standen und warteten. »Am Montag steigt es. Der Elternabend, ihr wisst schon. Mein superheimlicher Auftritt. Vielleicht der Durchbruch.« Er lächelte ein wenig schief und blies die Haare aus dem Gesicht. »Vielleicht sogar ein internationaler Durchbruch. Kann man nie wissen. Stellt euch mal vor, wenn die Eltern von jemandem bei einer Plattenfirma arbeiten und sie uns sehen und so ...Woah! Wie gut sie sind! Am nächsten Tag haben wir einen Vertrag.«

Alle verstanden, dass er Quatsch machte, aber ich bekam trotzdem Lust zu stöhnen: »Ja also, *as if*«.

»Bist du nervös?«, fragte Molly hingegen interessiert und ohne das geringste Anzeichen von Stöhnen.

»Noch nicht. Aber ich werde es dann sicherlich sein. Bereust du, dass du nicht mitmachst, Majken?«

»Nein«, antwortete ich müde.

»Du! Der Russe!«, flüsterte Molly aufgeregt, als wir hereingelassen worden waren und uns gesetzt hatten.

Sie und Ivan hatten über die Probe am Abend und den eventuellen Durchbruch geplappert.

»Er wirkt doch total nett«, fuhr sie fort. »Habt ihr am Dienstag noch etwas mehr geredet?«

Ich schüttelte den Kopf.

»Okay, aber trotzdem!«, sagte sie.

Ich schnaubte. Was denn trotzdem?

»Und übrigens finde ich, dass ›der Russe‹ ein *superalberner* Code-Name ist.«

»Lass dir dann einen anderen einfallen.«

Als ob das nötig wäre. Wusste sie es nicht? Jungs gehörten schließlich nicht zu meinen Top-Five-Interessen.

»Sollen wir hingehen und zuhören, wenn sie am Montag spielen?«, schlug sie vor. »Hast du Lust dazu?«

»Definitiv nicht.«

»Warum nicht?«

»Sehe ich denn etwa aus wie ein Elternteil?!«, fauchte ich. »Warum soll ich freiwillig zu irgendeiner megalangweiligen Versammlung in der Schule gehen? Mach es doch, wenn du willst, aber rechne nicht mit mir.«

»Jaha, musst ja nicht«, sagte Molly und sah ziemlich beleidigt aus.

Was kann man über den Freitag, den Samstag, den Sonntag und den Montag sagen?
Dass sie ganz genauso langweilig und schrecklich waren.

Tessa rief nicht an oder sagte nichts. (Oder, ja, doch, in der Schule hatte sie eine Menge Sachen gesagt, aber es war nichts *Wichtiges* und nicht *so etwas*.)

Willst du so weitermachen?, hatte ich mindestens zwanzig Mal große Lust, sie zu fragen. *Merkst du nicht, dass ich traurig bin? Erinnerst du dich nicht mehr an all das Gute zwischen uns? Sollen wir nichts gegen das hier tun?*

Aber dann sagte sie stattdessen zu Evve: »*Shit*, weißt du, heute Abend fängt im Fernsehen ja die neue Staffel von ›Project Runway‹ an!«, und ich wollte nur auf die Toilette gehen und ein wenig losweinen. Wieder einmal.

„Hi!«, grüßte Ivan fröhlich, als ich mich am Dienstagnachmittag auf meine Seite der Bank setzte. »Kannst du heute deine Sachen?«

»Mmm.«

»Ich auch.« Er lächelte und fingerte an einem Aufkleber auf dem Gitarrenkasten herum. »Und, du, gestern beim Elternabend lief es supergut. Und es war total lustig!«

Ja, doch, ich wusste es schon. Mama hatte alles erzählt, als sie heimkam. Carinas Sohn, drei Lieder, ganz toll. ›Dass du bei so etwas nicht dabei warst?‹ Zur Antwort hatte ich nur geseufzt.

»Ich habe es gehört«, sagte ich etwas freundlicher zu ihm. »Mama und Papa waren ja da.«

»Aha. Und danke, dass du gesagt hast, ich solle mitmachen.«

»Gern geschehen. Obwohl, das war doch eigentlich nichts Besonderes.«

»Ja, doch, das war es schon. Willst du übrigens wissen, was wir gespielt haben? Jetzt ist es nicht mehr geheim.«

Er war offensichtlich bester Laune und hoch motiviert. Ich hätte vor Eifer aufspringen und ›Jaaa, darf ich es hören, Ivan, erzähl doch!‹ rufen müssen, damit es zu seiner Stimmung passte, aber ich war nicht in Redelaune, weshalb ich nur kurz etwas murmelte. Nicht, dass es ihn aufgehalten hätte.

»Wie toll«, sagte ich pflichtschuldig, als er fertig damit war zu erzählen, welche Lieder sie gespielt hatten und dass er angefangen hatte, regelmäßig Donnerstag nachmittags mit Måns, Hasse und denen zu spielen. So wie eine Art kleine heimliche Musikstunde, beinahe wie eine Band. Man wurde extra eingeladen. Und jetzt gehörte Ivan dazu.

»Sicher ist es das!«, sagte er, und dann sah er mich etwas genauer an. »Aber du, was ist denn? Ist etwas passiert?«

Ich schüttelte den Kopf und sah weg, zur Tür hin. Wann würde Izzy kommen? War es nicht Zeit?

»Sicher? Denn du wirkst etwas ...« Er sah mich noch genauer an. »Vielleicht etwas müde in letzter Zeit? Oder ein wenig ... ich weiß nicht, traurig?«

Seit mehreren Tagen war ich still, müde und, ich weiß, traurig, wenn ich mit meinen besten Freundinnen zusammen war. Keine von ihnen hatte etwas Besonderes dazu gesagt. Nach ein paar Minuten mit Ivan, der mich überhaupt nicht kannte, fragte er, was verkehrt war.

»Wobei, entschuldige«, fügte er dann hinzu. »Man darf ja auch still sein, ohne dass irgendetwas nicht stimmt. Man muss nicht dasitzen und plappern wie ein Verrückter.«

»Danke, Verrückter.«

»Bitte, Normalo.«

Er sagte es nicht so provozierend wie zum Beispiel Pontus, als er mich als *little Miss Sunshine* begrüßt hatte. Und nicht so schnell wie Tessa, als sie mit den Pfannkuchen zum Mittagessen losgelegt hatte. Ivan sagte es einfach nur nett und rücksichtsvoll, sodass es klang wie: *Aber jetzt werde ich dich nicht mehr stören. Jetzt sitzen wir einfach still hier, wie man es auch machen kann.*

Vielleicht kam es daher, dass ich es sagte.

»Ich habe mich mit meiner besten Freundin gestritten, deshalb.«

»Oh. Wegen was denn?«

Ich zuckte mit den Schultern. »Darüber, dass wir so verschieden sind. Ich rede nicht von Jungs. Oder mit Jungs. Und sie tut es. So was in der Art jedenfalls. Eigentlich weiß ich es gar nicht so genau.«

»Äh, jaa? Ist das ... Das tut mir leid.«

»Mhhh.«

»Obwohl, wir reden doch jetzt?«, sagte er vorsichtig.

»Und ich bin ein Junge.«

Jetzt war ich es, die ihm einen Blick zuwarf, und er gestikulierte entschuldigend mit den Händen. *Ich verspreche es, das bin ich.*

»Sie meinte vielleicht nicht wirklich so, sondern mehr … ja, also, als ob man ein bisschen zusammen wäre«, sagte ich und konnte es nicht lassen zu lächeln, da er ziemlich komisch aussah, als er plötzlich die Arme zu einer ›männlichen‹ Muskel-Zeige-Pose anspannte. Als ob er beweisen müsste, dass er wirklich ein richtiger Junge war.

Er ließ sie wieder locker.

»Ich verstehe. Aber das ist völlig in Ordnung, wenn du ab und zu über mich sprechen *würdest*. Oder mit mir. Nur, dass du es weißt. Ich werde überhaupt nicht sauer.«

»Okay.«

Er nickte wieder.

»Ich kann zum Beispiel heftig cool sein«, versuchte er. »Wenn du einen Tipp brauchst, was du sagen könntest. Ja, oder ich kann auch nett sein. Das ist ebenfalls in Ordnung. Und wenn jemand etwas über dich fragt, dann bist du auch total cool.«

»Total cool«, sagte ich und klopfte auf meinen Geigenkasten. Der war schließlich alles andere als das. »Aber danke für den Tipp.«

Und da hatte Izzy ihren lang ersehnten Auftritt.

»Viel Glück«, sagte Ivan, als ich aufstand, um zu meinem Unterricht hineinzugehen. »Mit allem. Ich hoffe, es klärt sich.«

»Danke. Und dir auch, mit dieser Band. Bis bald.«

Er lächelte. »Ja, natürlich, Majken. Bestimmt.«

Es war 03:36 Uhr, als ich mit DER IDEE im Kopf erwachte. Und es war 11:34 Uhr, als ich Ivan in der Bibliothek traf und sie ihm erklären konnte.

»Aber, warte mal«, stoppte er mich. »Ich soll also ...«

Manchmal mit mir in der Schule auftauchen und mit mir reden, sodass andere in der Klasse uns sahen. Besonders Tessa. Und dann würden sie und alle anderen glauben, dass wir das machten, weil zwischen uns etwas passiert war. *Passiert*, also. Etwa, dass wir uns vielleicht *mochten*. Vielleicht, vielleicht sogar dabei waren, *ein bisschen zusammenzukommen*. Nicht, dass Tessa das vorher geglaubt hätte, bei ihr zu Hause, aber wenn Ivan und ich anfangen würden, zusammen gesehen zu werden ... Es gab schließlich die unbestreitbare Möglichkeit, dass sich seitdem etwas entwickelt hatte.

Obwohl wir wussten, er und ich, dass *nichts* passiert war. Alles war eigentlich nur so tun als ob.

»Was soll ich dann sagen?«, fragte er.

»Was auch immer. Normale Sachen. Es muss überhaupt nicht so etwas sein … du weißt schon, *hello baby*, oder so was.« Jetzt wurde ich rot, und auch er sah akut verlegen aus. »Also, nichts in der Art. Wir können über das Wetter sprechen.«

»Das Wetter?!« Ivan sah aus dem Fenster. »Das ist ja wohl oberlangweilig. Ich spreche nie darüber.«

»Ja, aber, dann über Musik. Was, spielt keine große Rolle. Die Hauptsache ist nur, dass wir es ab und zu machen.«

»Mhm. Wie lange?«

»Zwei Wochen? Oder drei? Du darfst entscheiden, aber am besten mindestens zwei Wochen, denke ich.«

Es sah aus, als ob er überlegte und nachdachte.

»Ich weiß, der Vorschlag klingt verrückt«, sagte ich. »Und es wäre wirklich total nett, wenn du mitmachen würdest. Und ich verspreche, dass du überhaupt nicht weitermachen oder etwas *faken* musst, und dass ich nicht lügen werde, falls jemand fragt, was wir machen. So übertreiben oder … etwas zerstören. Falls es jemanden gibt, in den du tatsächlich …«

Jetzt war es Ivan, der rot wurde. »Du willst also nur, dass wir ganz normal miteinander reden, nur so, dass die anderen es sehen. Und das ist alles? Dann werden deine Freundinnen glauben, dass …?«

Dass ich normal bin? Dass ich sehr wohl über und mit Jungs reden kann? Und Jungs mag? Und dass ich nicht vollkommen *lost* bin? Am liebsten alles auf einmal.

»Ich bin nur so wahnsinnig genervt von Tessa und Belinda. Ihr Getue. Und du weißt schon, das, was ich dir erzählt habe, dass wir darüber gestritten haben, dass wir verschieden sind? Ich muss hier einfach eine Weile lang ein bisschen etwas vorspielen.«

Er sah nicht sehr viel schlauer aus, obwohl es ja beinahe sein eigener Vorschlag war. Und Izzys, als sie von Emil und diesem Film da erzählt hat. Ich hatte die Ideen miteinander kombiniert.

»Warum fragst du mich? Ich kenne doch so ungefähr null Personen hier«, sagte er dann. »Es wäre viel *smarter,* wenn du zum Beispiel …« Er sah sich in der Bibliothek nach anderen geeigneten Kandidaten um, aber es gab jetzt gerade keine anderen. Nur hinten in einer Ecke welche aus den unteren Klassen. Sie palaverten mit dem Bibliothekar über Fußball. »Also, ich weiß einfach nicht, ob ich so eine gute Wahl dafür bin.«

»Aber das bist du, gerade weil du neu bist! Niemand in meiner Klasse kennt dich. Wir wissen kaum etwas über dich. Wir glauben, dass du vielleicht ein bisschen cool bist, aber wir wissen es noch nicht. Du bist wirklich perfekt, Ivan.«

»Perfekt?! Du verstehst doch, dass ich nur im Spaß davon geredet habe, dass ich cool bin? Hundertprozentiger Spaß.«

»Ja, ja, aber du *kannst* es doch wirklich sein.«

Er sah noch immer nachdenklich und skeptisch aus. »So ... Also reden? Nur das?«

»So wie wir es jetzt machen«, nickte ich. »Nur nicht hier drinnen, sondern irgendwo, wo andere uns sehen. Und natürlich nicht über diese Sachen jetzt, sondern über anderes. Aber das ist alles.«

Die Tür zur Bibliothek öffnete sich, und einige Jungs aus der Achten kamen herein. Einer von ihnen war Måns, und als er Ivan sah, hob er die Hand. »Hi! Wie geht's?«

»Gut, und selbst?«, sagte Ivan, und Måns nickte zur Antwort.

»Du kommst morgen doch?«

»Klar.«

»Die heimliche Band?«, fragte ich.

Ivan sah mich unsicher an. »Legst du schon los?«

»Nein! Ich frage in echt.«

»Ja, doch, morgen ist die Band.«

Und dann sah er mich an, als wartete er auf weitere Fragen.

»Aber du bist es, der entscheidet«, sagte ich. »Und du musst nicht.«

»Okay, gut. Wir probieren es.« Er schob die Zeitung weg, die er gelesen hatte, als ich ihn angetroffen hatte. »*Let's go.*«

»Sofort? Jetzt gleich?«, piepste ich verwundert. »Ich dachte … Anfangen können wir doch … Vielleicht morgen, wenn …«

»Jetzt ist Mittagessenszeit«, sagte er. »Alle sind da draußen.«

Damit hatte er recht. Im Lichthof vor der Bibliothek war voller Betrieb. An der Tischtennisplatte spielten einige Rundlauf, Pontus stand mit einigen Freunden zusammen und in einer anderen Ecke war Evelina mit einigen Mädchen aus der Klasse.

Ein paar Meter vor der Bibliothek blieb Ivan stehen. Mitten zwischen allem. Er blies die Haare aus dem Gesicht und steckte die eine Hand in die Tasche. Dann sah er sich um, um zu überprüfen, ob die Position gut war und die anderen uns sehen würden.

»Okay«, sagte er leise mit einem ›Bist du bereit?‹-Blick zu mir. Atmete ein und schien sich zu sammeln. »Hast du … äh … Hast du Mittag gegessen?«

»Ja, sicher.«

»Ich auch. Mochtest du das Essen? Was war es heute noch, Hackbeefsteak?«

Er redete etwas gekünstelt und ein wenig zu laut. Wahrscheinlich, damit wir auch gut zu hören waren. Und richtig, einige unbekannte Mädchen, die danebenstanden, schauten ihn an. Ivan bemerkte es.

»Wie viele hast du gegessen?«, fuhr er angespornt im selben zu lauten und gekünstelten Tonfall fort. Fütterte mich mit weiteren Fragen. Alle genauso ... uninteressant und gestelzt.

Oh no!

Zwei Sachen wurden mir klar.

Die erste war, dass ich Scharaden und Theaterspielen hasste. Ich war grottenschlecht darin. Wie um alles in der Welt hatte ich das vergessen können? Und Ivan war offensichtlich auch miserabel im Theaterspielen. Leider. Denn diese Idee war schließlich nichts anderes als Theater. Niemand auf der ganzen Welt würde auf solche albernen vorgespielten Gespräche hereinfallen. Erst recht nicht Tessa. Es würde sie nicht interessieren und sie würde nie glauben, dass irgendetwas zwischen uns *passiert* war.

Die andere Einsicht war noch schlimmer. Sie war wie mitten in der Nacht geweckt zu werden. Zum Beispiel um 03:36 Uhr.

Ich musste wirklich nicht mehr ganz richtig im Kopf sein!

Nur weil jemand einen fragt, wie es einem geht, will sagen, dass die Person gemerkt hat, dass man traurig aussieht (*auch schon gemerkt, Sherlock*), und einen netten Eindruck macht, bedeutet schließlich nicht, dass man ihm vertrauen *kann* oder *soll*. Ivan hätte dort in der Bibliothek sitzen, alles Mögliche über meinen Plan erfragen, mitspielen und neugierig wirken können, um dann, sobald wir fertig waren, auf direktem Wege in seine Klasse zu marschieren und zu erzählen, was Majken Johansson aus der 6a gerade vorgeschlagen hatte. Es war völlig hirnverbrannt, dass ich zu ihm gekommen war, einem unbekannten Menschen, über den ich nichts wusste, und mich freiwillig auf diese Weise bloßgestellt hatte.

Komplett. Hirnverbrannt.

Ich war offensichtlich verrückt. Verzweifelt und verrückt *plus* erbärmlich und lächerlich. Ideen, die einem mitten in der Nacht um 03:36 Uhr kommen, sollten nie ausgeführt werden. Das war die schreckliche Lehre des Tages.

Wenn die anderen das hier herausbekamen, würden sie glauben, ich wäre verrückt. *Alle.* Und ganz besonders Tessa.

»Du«, sagte ich in sehr viel leiserem Ton und machte einige Schritte zurück zur Bibliothek. Nickte dorthin, damit er verstand, dass er mir folgen sollte.

»Ich habe auch drei Kartoffeln gegessen«, sagte er und

blieb stehen. »Oder waren es zwei? Ich finde das Essen jedenfalls gut hier an dieser Schule. Besser als an meiner alten.«

»Ivan«, zischte ich etwas lauter und nickte wieder verzweifelt zur Bibliothek. *Komm her!!*
Ich bereue es. Hör auf. Abort mission. Jetzt sofort. Je-etzt!

»Ist das Wetter nicht schön?«, fuhr er fort.

Also, Himmel noch mal, alles, was er rausließ, klang wie ein Theaterstück, ein wahnsinnig schlechtes Theaterstück!

Einige von Pontus' Freunden gingen vorbei. Unter anderem Samir, der ständig bei uns zu Hause ist. Er nickte mir ›Hallo‹ zu, und ich versuchte, ungerührt zurückzunicken. *Hallihallo, hier stehe ich, es gibt nichts zu sehen, geh einfach weiter.*

»Ivan!«, bat ich noch verzweifelter, als sie vorbei waren.

In meiner Euphorie um 03:36 Uhr hatte ich mir unser vorgespieltes Gespräch ein bisschen so vorgestellt wie da, als er Måns begrüßt hatte. Ich saß in einem Flur, Ivan glitt vorbei, alles war cool ›Hi, hi‹, und nachdem er weg war, sahen Tessa und alle anderen mich verwundert und neugierig an. Ich hatte mir *nicht* vorgestellt, dass wir dastehen würden und einen miesen Dialog über Hackbeefsteak und Kartoffeln vorspielen würden.

»Können wir damit aufhören?«, sagte ich. »Kannst du …«

»Schau, die Sonne!«, sagte er enthusiastisch, und ich wollte nur noch im Boden versinken, weil es so ›enthusiastisch‹ war. Dann sah er auf die große Uhr. »Oho, bei uns geht es los. Aber wir sehen uns ja später, Majken!«

Das Letzte sagte er wirklich *viel* zu laut, und dann lächelte er mir schnell zu, ehe er sich umdrehte und ging.

Oh no!

»Wir machen es nicht!«, rief ich ihm hinterher. »Okay? Du? Hallo! Es wird nicht funktionieren! Wir lassen es!«

Er winkte mit einer Hand über die Schulter, ohne sich umzuwenden. Was hieß das? Ja oder Nein oder nur Tschüss?

HERR IM HIMMEL.

Den ganzen Nachmittag lang war ich total nervös und paranoid und schwitzte, sobald ich ein Klassenzimmer verließ. Starrte mich jemand an? Redete? Kicherte? Hatte jemand davon erfahren?

Es schien tatsächlich nicht so. Die ersten Stunden und Pausen gingen vorbei. Ich rannte zum Schulbüro, um Ivans Stundenplan zu überprüfen. Seine Klasse war zwanzig Minuten nach meiner fertig. Ein Glück, dass niemand, wie zum Beispiel Tessa, fragte, was ich heute nach der Schule vorhatte, und ein Glück, dass niemand merkte, dass ich mich in die Bibliothek setzte, statt gleich nach Hause zu gehen.

Als die Zeit gekommen war, ging ich hinaus zum Eingang. Ivan sah mich gleich, als er in einer großen Gruppe mit anderen aus seiner Klasse kam.

»Es hat nicht funktioniert, weil du nichts gesagt hast. So wie man es in einem Gespräch macht, weißt du«, sagte er, als wir ein bisschen beiseite gegangen waren, in Richtung der Fahrräder vor der Schule. »Klar, dass es albern wird, wenn nur einer redet.«

»Aber das alles ist doch so wahnsinnig albern!«, rief ich aus. »Es wird nie funktionieren. Ich verstehe nicht, was ich gedacht habe. Ich war nur … Niemand wird das glauben.«

»Ja, doch! Ich finde, es war eine super Idee.«

»Hast du jemandem etwas erzählt?! Bitte, bitte, tu das nicht!«

Er schnaubte. »Natürlich nicht. Was denkst du?«

»Aber ich weiß doch nicht, wie du bist!«

»Nein, nein, aber ich sage natürlich nichts. Und ich finde doch, wir probieren es noch einmal. Ich habe die ganze Zeit darüber nachgedacht. Es *war* sehr gut.«

Zweifelnd sah ich zum Fußballplatz und zur Sporthalle hin. »Also … Wobei …«

»Es ist ja nur ein bisschen Reden. So wie ›Hallo‹. Was

kann dabei schiefgehen? Und wir haben es doch schon mehrere Male gemacht, ohne darüber nachzudenken.«

Was kann dabei schiefgehen? Ja, nach heute aaaaalles, was man sich vorstellen kann. »Sagst du wirklich zu niemandem etwas? Versprichst du es?«

»Entspann dich. Es ist ja eigentlich nichts Besonderes, aber ich werde nichts sagen. Ich verspreche es.«

Nichts Besonderes? Nee. Nur Tessa würde, wenn es herauskäme, denken, ich hätte völlig den Verstand verloren.

»Ich muss darüber schlafen«, entschied ich.

»Okay, mach das. Obwohl ich finde, es war cool. Aber ich hab verstanden, du schläfst darüber.«

Er wirkte so aufgekratzt, als ob er es *wirklich* machen wollte.

»Warum bist du so scharf darauf?«, fragte ich misstrauisch. »Du kennst mich ja nicht, was spielt es also für eine Rolle, wenn …?«

Er sah ein bisschen verlegen aus.

»Ja, also, ich kenne ja beinahe niemanden hier. Das habe ich doch gesagt. Und ich spiele auch nicht Fußball oder Floorball oder so etwas …«

Nee? Aber ich verstand es trotzdem nicht richtig. Er war neu hergezogen. Nicht so verwunderlich, wenn er sich nach bloß ein paar Wochen noch keinen ganzen

Haufen von Freunden organisiert hatte. Erst recht nicht, wo er in eine Klasse geraten war, in der so ungefähr alle Jungs Fußball oder Floorball spielten. Das wusste ich ja.

»Äh, aber warum denn nicht?«, fuhr er fort.

Die Eingangstür hinter uns öffnete sich und eine neue Ladung von Schülern, deren Unterricht für heute vorbei war, strömte hinaus. Zum Beispiel die Klasse von meinem Bruder, auch wenn ich ihn im ersten Haufen nicht entdeckte.

»Ich muss jetzt los«, sagte ich. »Aber wir … wir …«

»Ja, wir sehen uns ja«, sagte Ivan. »Bald. Egal wie.«

»Und danke auf jeden Fall.«

»Gerne. Sag dann einfach Bescheid, ob du willst.«

Ich wollte. Es wurde mir am nächsten Morgen klar, als ich und alle anderen der Klasse herumstanden und auf unseren Geschichts-Lehrer warteten und Ivans Klasse plötzlich vorbeiging, angeführt von ihrem Mathe-Lehrer. Ivan entdeckte mich und wir sahen uns an. Heute hatte er ein anderes verschlissenes, altes Band-T-Shirt an. Metallica. In Schwarz. Ziemlich verwaschen. Ziemlich cool. Es passte sehr gut zu seiner genauso verschlissenen schwarzen Jeans. Also sagte ich »Hallo«, er nickte zurück und in seinen Augen blitzte kurz ein verschmitztes Lächeln auf, ehe er sich zusammenriss. »Hi, Majken.« Und dann drehte er sich um und ging einige Schritte rückwärts, damit wir uns weiter ansehen konnten.

»Mathe-Arbeit.« Er zog ein schreckerfülltes Gesicht, als ob er nicht gelernt hätte und ziemlich schlecht dastünde.

»Oh weh. Viel Glück.«

»Danke. Kann ich wirklich gebrauchen.« Dann machte er ein Kreuzzeichen über der Brust, ehe er sich wieder in Laufrichtung drehte.

Das war alles. Ein Gespräch von ein paar Sekunden, aber dieses Mal waren es ganz normale Sekunden ohne Theater, und es brachte Evelina dazu, mich in die Seite zu stupsen, sobald er außer Hörweite war.

»Der Russe, der Russe«, summte sie leise und bedeutungsvoll.

Molly schüttelte den Kopf. »Sie hasst den Namen.«

»Wie sollen wir ihn denn dann nennen?«

»Ivan?«, schlug ich vor. Gerade gingen die letzten Nachzügler aus seiner Klasse durch die Tür, die der Lehrer ihnen aufhielt.

»Okay. *Ivan*.«

Ich brauchte Evve nicht anzuschauen, um zu wissen, wie ihr Lächeln aussah. Es bedeutete *Woop! Woop!* Stattdessen sah ich Tessa an. Sie stand einige Meter von uns entfernt, denn ihre Bio-Gruppe sollte jetzt eine Arbeit vorstellen. Tessa hatte kein Wow-Lächeln im Gesicht. Sie schien nichts gemerkt zu haben, denn sie schaute konzentriert auf Åke, der auf ein Papier schrieb. Aber alles gut, ich hatte ja mindestens noch zwei Wochen. Nach dem Mittagessen bei Französisch trafen wir wieder aufeinander. Es gab ein erneutes ›Hallo‹ und ein erneutes ›ganz normales‹ Gespräch und die ganze Zeit stand Molly neben mir und bekam alles mit.

»Jetzt machen wir es aber?«, versicherte Ivan sich schnell und heimlich im Vorübergehen, als wir hineingingen und ich nickte. Ja, wir machen es.

»Gut«, flüsterte er zufrieden.

Am Montag kam Tessa in die Schule und war mit Dexter zusammen.
Jawohl.

Sie sagte es mir natürlich nicht direkt, aber ich und alle anderen merkten es zum Beispiel daran, dass:

Dexter zweimal vor dem Klassenzimmer wartete. Zwei Mal! Das zweite Mal, als wir Mittagessen hatten, er ging also mit Tessa erst zum Spind und dann zum Essen. Sie setzten sich an einen eigenen Tisch. Nicht einmal Belinda war dabei. Und als sie fertig gegessen hatten und vom Essen weggingen, *hielten sie sich an der Hand.*

Jawohl. Ganz klar *zusammen.*

Man merkte es auch an Belinda, die ganz hibbelig war. Beinahe so, dass man auf die Idee kommen könnte, *sie* habe einen neuen Freund bekommen.

Auch Evelina und Molly waren ordentlich aufgeregt. Es gab den ganzen Tag über viele ›*Oh my* …‹-Rufe und

Geflüster und Nachrichten und Blicke hierhin und dorthin.

Und Tessa lief in der Mitte des Ganzen umher. Rote Wangen und ein geheimnisvolles, glückliches Lächeln.

Nach dem Unterricht setzten sie und Belinda sich in die Caféteria und warteten darauf, dass Dexters Klasse Schluss hatte. Ich wusste das nur, weil sie es zu Molly sagte, und ich stand einen Meter entfernt. Molly: »Ooooh.« Ich: Seuuufz.

Ich lief nicht mit roten Wangen und einem glücklichen Lächeln herum. Ich lief nur herum und dachte den ganzen Tag: *Ich frage nichts und ich sage nichts, das mache ich verflixt noch mal nicht.* Es wurde wie eine fixe Idee. Wären wir Freundinnen gewesen, wäre es ganz normal gewesen, davon zu erzählen und darüber zu sprechen. Nun waren wir zum einen keine Freundinnen und redeten zum anderen auch nicht über solche Sachen. Zumindest Tessa zufolge. (Das Problem jetzt gerade war, dass wir auch nicht über irgendwelche anderen Sachen redeten.) Nur über meine Leiche würde ich genauso neugierig und beeindruckt sein wie Evve.

Hat jemand etwas gesagt?«, Ivan rief mir Fragen zu, sobald er am Dienstagnachmittag zur Tür hereinkam. »Haben sie gefragt?«

»Nicht direkt.«

»Was?! Bah!« Er ließ sich neben mir auf die Bank fallen. »Warum nicht? Wir haben doch ...«

Wir hatten doch, das stimmte. Drei verschiedene kurze öffentliche ›Treffen‹ hatten wir zusammenbekommen, und sie waren gut gewesen. Bisschen geredet, bisschen ungezwungen, vielleicht sogar ein bisschen cool. Sicherlich gut. Aber dennoch. Das Timing.

»Tessa ist jetzt mit Dexter aus der Siebten zusammen. Hast du das vielleicht gehört?«, sagte ich.

»Ja, aber ...?«

»Ja, daher glaube ich nicht, dass sie für irgendetwas anderes Augen hat«, erklärte ich. »Die anderen in der Klasse auch nicht. Tatsächlich sind alle ganz verrückt davon.«

»Dann müssen wir ein bisschen Dampf machen, damit sie Augen dafür *bekommen*. Wir essen doch morgen zur gleichen Zeit? Da legen wir los.«

»Legen los?«, fragte ich.

»Ja, wir sitzen zusammen in der Mensa.«

»Also, danke, aber das hat doch wohl echt keinen Sinn«, sagte ich. »Es interessiert niemanden und es wird …«

»Aber sei doch nicht so negativ!«, unterbrach er. »Man kann nicht nach zwei Tagen aufgeben. Wir haben kaum angefangen. Komm jetzt, wir machen es so …«

Begeistert plante er, wie wir ›Dampf machen‹ und die anderen dazu bringen könnten, darauf aufmerksam zu werden.

»Ja?«, fragte er nach, als die Flurtüren schlugen und Izzy und Fredrik kamen.

»Hallo?«, Ivan knuffte mich auffordernd in die Seite, als ich auf seine Pläne nicht antwortete.

»Ja, ja, sicher.«

»Es wird total gut! Glaub mir. Bis bald!« Er lächelte, ehe er in seinen Raum einbog.

Ich schaute von ihm zu einer offensichtlich neugierigen Izzy, die aber mit den Händen fuchtelte à la *Oh nein, ich sage nichts. Schau mich nicht an.* Sie hielt mir die Tür auf.

»*After you, Miss.*«

Izzys Band wird in einem Café in der Stadt spielen! Mitten an einem Sonntag! Nicht in einer Bar oder einem Club, sondern in einem Cafè! Wohin man gehen kann, wie man will, auch wenn man unter achtzehn ist. Jeder, der möchte, kann kommen und zuhören. Ich zum Beispiel. Denn ich musste sie direkt heraus fragen, nachdem sie es erzählt hatte. »Natürlich darfst du!«, sagte sie und lächelte. »Es ist toll, wenn du kommst. Auch wenn es mich etwas nervös macht. Aber komm trotzdem!«

Wow!

Eigentlich war es eine andere Band, die zuerst gebucht worden war, aber dann konnte sie nicht und Izzys Plan B sprang stattdessen ein. »Wir *sind* Plan B«, kicherte sie.

Ich musste hingehen. Das war sicher. Ich musste.

»Hallo alle Freunde und alle die wir kennen oder einmal getroffen haben oder vielleicht nur in der Stadt gesehen haben! Kommt alle ins Café in der Pilgata am Sonntag um 13:00 Uhr!«, stand mit großen, dicken Buchstaben ganz oben im Blog. Schon vom Lesen bekam ich aufgeregtes Herzklopfen.

»Ooh, wie toll.« Mama beugte sich vor und las über meine Schulter hinweg. »Da willst du wohl hingehen?«

»*Of course!* Und kannst du nicht mitkommen? Du willst doch sicher Izzy sehen? Und du magst doch das Café in der Pilgata.«

»Absolut, nur ... Papa und ich arbeiten doch das ganze Wochenende, ich kann also nicht. Du könntest doch mit Tessa gehen?«

Theoretisch wäre es perfekt gewesen, sie mitzunehmen. Sie würde Izzy treffen können und sehen, wie sie war, und dann würde sie vielleicht verstehen, warum ich so auf meiner verflixten Geige bestand.

Aber.

Ich drehte mich wieder zum Computer. »Arbeitet Papa denn auch?«

»Ja, das tut er. Aber weißt du was, Süße, nimm wirklich Tessa mit und ich lade euch zu Kaffee und Kuchen ein. Du bekommst Geld von mir.« Sie strich mir über das Haar und richtete sich auf. »Ich muss gehen und Essen machen.«

Sie ging in die Küche hinunter, und ich blieb vor dem Computer sitzen.

Molly? Sie war *mein* Plan B, das wäre ziemlich okay. Aber was, wenn sie sich wunderte, warum ich sie und nicht Tessa fragte? Oder was, wenn sie vorschlagen würde, dass Tessa und Evve auch mitkamen, und dann würden sie alle so gucken wie neulich, als Hasse gefragt hatte, ob ich nicht beim Elternabend spielen wollte. Äußerst gequält. *Oh, aber ... Seufz, seufz. Nee, also ich habe schon was vor.* Als ob Izzys Auftritt etwas total Albernes wäre.

Plan C. Ich gehe alleine dorthin. Sitze da mit einem süßen Teilchen und Limonade am Tisch. Allein.

Da würde Izzy sicher denken, dass bei mir etwas nicht stimmt. Vielleicht, dass ich ein sozialer Freak bin, der keine Freundinnen hat. Dort alleine hinzugehen würde nur funktionieren, wenn ich ein großes Selbstvertrauen ausstrahlen könnte und völlig glücklich damit wäre. Ich war mir nicht sicher, ob ich das konnte.

Plan D. Ich gehe mit Großmutter dorthin. Es ist nicht wahnsinnig toll, mit Eltern dort aufzutauchen, aber da kann es etwa so sein wie: *Mama will die Geigenlehrerin ihrer Tochter kennenlernen.* Aber seine Großmutter mitzunehmen? Das ist wohl noch mehr sozialer Freak. Als ob man das Problem noch nicht einmal *versteht*, dass man seine Großmutter statt einer Freundin mitnimmt.

Es fühlte sich ziemlich unnötig und sinnlos an, aber trotzdem folgte ich am Mittwoch Ivans Anweisungen. *Nimm Essen. Schau dich um. Entdecke mich, der fünf Minuten vor dir Essen geholt hat und deshalb schon einen Tisch organisiert hat. Einen gut sichtbaren Tisch. Geh dorthin. Setz dich. Sieh fröhlich und interessiert aus.*

Er machte ein diskretes V-Zeichen, als ich mich ihm gegenüber hinsetzte.

»Jetzt aber bloß nichts von Hackbeefsteaks«, ermahnte ich.

»Überleg doch selbst, wie ein Gespräch funktioniert«, gab er zurück.

Aus den Augenwinkeln sah ich, wie Evve und Tessa beinahe fertig damit waren, Milch und belegte Brote zu nehmen. Ich war schnell aus dem Unterricht gegangen, um vor ihnen hier zu sein. Sonst würden sie vielleicht nie entdecken, mit wem ich zusammensaß, und was war dann der Sinn dieser Aktion hier?

»Aber du, schönes Wetter, oder?« Ivan kicherte. »Achtung, Witz. Nicht ausrasten.« Er nahm einen Schluck von seinem Wasser. »Bist du einmal an einer Telefonzelle vorbeigegangen, in der das Telefon geklingelt hat?«

»Nein?«

»Ich auch nicht. Das wäre so cool. Aber bisher habe ich noch nie jemanden getroffen, der das erlebt hat.«

Tessa und die Gruppe blieben mit ihren Tabletts stehen und sahen sich suchend in der Mensa um. Vielleicht nach mir. Ich hielt den Atem an, als Mollys Kopf sich in unsere Richtung drehte. Sie blinzelte, als sie uns sah, dann nickte sie zu den anderen ›da‹, und alle sahen gleich erstaunt aus. Molly machte ein paar Schritte in unsere Richtung, aber dann sagte Tessa etwas, was sie dazu brachte, sich nach ihnen umzusehen und stattdessen in eine andere Richtung, zu einem anderen Tisch zu gehen. Tessa ging voran. Molly und Evve lächelten kurz zu mir herüber, bevor sie ihr folgten. Tessa lächelte gar nicht.

»Okay, jetzt haben sie uns zumindest gesehen«, erzählte ich Ivan leise.

Er nickte zufrieden. »Schritt eins, check. Weißt du was, du kannst auch ein bisschen lachen, wenn du willst, das wäre gut. Als hätten wir etwas Lustiges gesagt.«

Lachen? Es war der dritte Tag mit roten Wangen und glücklichem Lächeln bei Tessa. Eine Menge ›Was habt ihr denn gestern gemacht? Nein, was hat er gesagt? Oooooh, Gott, wie süß‹-Gespräche, die ich als passive Zuhörerin aufgeschnappt hatte, denn mit mir redete sie ja nicht mehr.

So viel Lachen auf Bestellung gab es bei mir heute nicht.

»Ja, aber wie auch immer«, fuhr er fort, als nichts kam. »Das passiert nur in amerikanischen Action-Thrillern. Dass es klingelt. Und dann ist es immer arrangiert. Und in Wirklichkeit gibt es ja kaum noch Telefonzellen. Aber wenn du gezwungen wärst, einen Monat lang dieselbe Sache zu essen, was würdest du dann nehmen?«

»Auch das wird ja wohl nie passieren.«

»Ich weiß, aber los, über irgendetwas müssen wir doch sprechen. Wenn schon nicht darüber, du weißt.« Er nickte zum Fenster und zum Wetter.

»Du hast also ein paar Fragen vorbereitet?«

Er antwortete nicht, aber bekam gleich einen leicht verlegenen Gesichtsausdruck.

»Ernsthaft?«, rief ich aus. »*Hast* du das?«

»Ja, also ...«, sagte er gequält.

Oh. Ich wusste nicht, wie ich das finden sollte. Sehr nett. Aber auch ... Nee, ich wusste es wirklich nicht. Darüber zu sprechen, welches Essen man einen Monat lang essen konnte, war schließlich nicht das Gleiche, wie über Filme zu scherzen und zu lachen, wie Dexter und Tessa es taten. Oder sich anzuschauen und ganz verliebt dabei auszusehen, wie sie es heute Morgen gemacht hatten, als er zwischen zwei Unterrichtsstunden für drei Minuten vorbeikam. Über Essen zu sprechen war so ungefähr das Gegenteil. Künstlich und etwas albern und kindisch, wenn man ehrlich ist. Auch wenn es schrecklich nett von ihm war, Fragen vorzubereiten.

Ich spießte eine Tomatenscheibe auf die Gabel. »Was ist die nächste?«

»Hallo, du hast ja noch gar nicht auf die mit dem Essen geantwortet.«

»Müsli mit Joghurt, dann«, sagte ich, nach zwei Sekunden Nachdenken.

Ivan hob eine Augenbraue. »Nichts Warmes? Denk doch, einen ganzen Monat das Gleiche. Nur ein einziges Gericht. Zum Frühstück, Mittagessen, Abendessen. Dreißig Tage lang.«

»Ja, ich weiß, wie lang ein Monat ist. Was würdest du nehmen?«

»Spaghetti Bolognese. Und soll ich sagen, warum das so gut ist?«

Molly saß so, dass sie uns sehen konnte, und als ich dorthin sah, winkte sie mir gleich zu. Liebe, liebe Molly.

Sie sah aus, als hätte sie nur darauf gewartet, Blickkontakt mit mir zu bekommen.

Ich winkte natürlich zurück, und da lächelte sie.

Hoffentlich würde sie Tessa fragen, was da zwischen Ivan und mir läuft. Und hoffentlich würde Tessa sich total seltsam fühlen, weil sie nichts antworten konnte.

»Ja, doch, weil ...«, begann Ivan die Sache zu erklären. »Es ist so normal und schmeckt nicht so besonders, dass man es total überbekommt. Und es ist nicht so wahnsinnig fettig wie Pizza oder Hamburger, dass man sich nach drei Tagen ekelt. Denn das tut man ja, auch wenn Pizza lecker ist. Und in Spaghetti mit Bolognese gibt es ein bisschen Ballaststoffe und so, dass auch die Verdauung mitspielt. Es ist also wirklich das perfekte Essen für so eine Geschichte.«

Nach dieser kleinen Erklärung sah er ziemlich zufrieden aus.

»Hast du da lange darüber nachgedacht?«

»Eine Weile«, gab er zu. »Aber meine Schwester hat damit angefangen.«

»Und was würde sie nehmen?«

»Rosinenbrötchen. Wobei das nicht ernst gemeint war und nur, weil wir, als Mama welche gebacken hatte, eine Woche lang jeden Tag Rosinenbrötchen gegessen haben. Und weil sie Rosinenbrötchen liebt.«

»Aber das ist doch …«

»Ich weiß«, nickte er. »Voll schlechte Wahl.«

»Okay, aber dann können wir ja jetzt mit der nächsten Frage weitermachen. Meine Lieblingsfarbe? Schwarz, jedenfalls.«

»Mensch, kannst du mir vielleicht ein bisschen mehr zutrauen?«, wandte er ein. »Glaubst du, dass man das nicht nach fünf Sekunden gemerkt hat?«

»Ist das so?«, sagte ich erstaunt, weil es so unerwartet kam, dass er sich zu ›man‹ dazuzählte und offensichtlich darauf geachtet hatte.

»Jaaa«, sagte er in sicherem Tonfall. Dann machte er eine kurze Kunstpause, ehe er genauso deutlich artikuliert wie ein Talkmaster im Fernsehen die nächste Frage stellte. »Wenn du, *Majken*, dich selbst anders nennen dürftest, welchen Namen würdest du dann wählen?«

»Hör auf.« Ich legte das Besteck ab. »Ist das die Frage? Machst du Witze?«

Ivan sah mich enttäuscht an.

»Jaa. War die auch bescheuert?«

Ich log nicht, als ich zurück bei Molly und Evve war. Und vielleicht bei Tessa? Zumindest physisch, auch wenn sie ein wenig entfernt stand und eine Nachricht schrieb.

Schließlich hatte ich es Ivan versprochen. Kein Geflunker. Und das war tatsächlich auch gar nicht nötig, ich konnte auf alle Fragen antworten, ohne einen einzigen Millimeter von der Wahrheit abzuweichen.

Ja, wir hatten dieses Mittagessen geplant.

Jupp, gestern beim Musikunterricht.

Ja, doch, es war lustig.

Tessa legte das Handy weg. Sie sah uns zu, während wir redeten, sagte aber selbst nichts. Hatte nur ihren aufmerksamen Zuhörer-Ausdruck.

Hoppla. Majken redet mit Ivan. Und plant offensichtlich Sachen mit Ivan. Ziemlich unerwartet.

Oder, ich weiß ja nicht, was sie dachte, aber man durfte schließlich hoffen.

»Und jetzt?«, fragte Molly. »Habt ihr noch mehr *geplant*?«

Zum ersten Mal während des Gespräches, merkte ich, wie ich unsicher wurde. Was musste der nächste Schritt sein? Ich wusste es ja nicht. Ivan hatte gefragt, ob ich eine E-Mail-Adresse hätte. Irgendwie passte es zu ihm, mit E-Mails. So ein bisschen anders, aber … cool? Jedenfalls ja, ich hatte eine. Eine E-Mail-Adresse. Trotzdem, sich Mails zu schreiben war schließlich nicht direkt etwas, von dem ich sagen konnte, dass wir es ›geplant‹ hatten.

Schnell schaute ich zu Tessa. Was machte sie mit Dexter zusammen? Ich vermutete, dass sie nach der Schule zusammen zu einem von ihnen nach Hause gingen, vielleicht einen Film schauten, sich aus Spaß stritten, wie gut oder schlecht er war, Pflaumenkuchen aßen. Aber kuschelten sie herum? Küssten sie sich? Schlossen sie sich in ihr Zimmer ein, so wie Pontus und Ida?!

»Nein, ich weiß noch nicht, was wir …«, sagte ich zögerlich und hielt die Luft an. »Wir werden ja sehen.«

Zu meiner großen Erleichterung nickte Evve mit einem verschmitzten Lächeln auf den Lippen. »Der Russe.«

»Wobei …«, erinnerte Molly sie schnell. Wir nennen ihn nicht mehr so. »Ich finde, er ist lustig.«

Das fand ich auch. Das *war* er tatsächlich. Nach dieser Namensfrage musste ich nicht daran denken, dass ich so tun sollte, als ob ich lachte, sondern ich lachte mehrere Male wirklich.

Weder Molly noch Evelina riefen ›Mensch, wie du lügst! Du verstehst doch wohl, dass wir darauf nicht hereinfallen!‹, während wir dastanden und über das Mittagessen redeten. Und Tessa, die hätte zubeißen können mit etwas wie ›Hör auf! Du hast doch schon gesagt, dass du ihn nicht magst! Was ist denn das hier?‹, auf ihre angesäuerte, gereizte Art, ordnete nur die Bücher auf ihrem Schoß und sagte »Tja?« Und meinte damit ungefähr: ›Jetzt müssen wir gehen, oder?‹

Bedeutete das, dass mein Plan funktionierte? Ivan und

ich redeten öffentlich miteinander, wir aßen zusammen Mittag und wir ›gerieten in den Blick‹.

Er wäre sehr zufrieden gewesen, wenn er gehört hätte, wie wir redeten, denn es schien, dass sie mir glaubten. Mir, bei der es noch nie nötig gewesen war, einen Code-Namen zu erfinden, und bei der ›mit Jungs reden‹ nicht zu den Top-Five-Interessen gehörte.

War es jetzt so? Einfach so, zack-bums?

Der Russe.

Ich erzählte ihnen nicht, dass er Ivan hieß, weil sein Großvater Russland-Fan ist. (Oder Sowjetunion, wie es hieß, als der Großvater es wurde.) Er, also der Großvater, war zum Beispiel einmal mit der transsibirischen Eisenbahn gefahren. Fünf Tage im Zug durch das Land. Keine Dusche, aber Tees aus Samowaren und eine Menge verrückter Menschen. Er hat ein dickes Fotoalbum von dieser Reise. Dann war er mehrere Male in Moskau und Leningrad gewesen.

Als Ivan geboren wurde und seine Mutter sagte, sie würden überlegen, ihn Ivar zu nennen, fand der Großvater, dass Ivan viel schöner sei. Und Ivans große Schwester, die damals sechs Jahre alt war, war der gleichen Meinung. Und so kam es dann.

»Obwohl ungefähr die Hälfte trotzdem immer erst glaubt, dass ich Ivar heiße«, sagte er.

Und nein, *er* hatte keine große Lust, den Namen zu wechseln. Das verstand ich, Ivan passt zu ihm.

Bislang hat er noch nicht daran gedacht, in Paris zu wohnen, aber warum nicht? Wenn ich mit Pontus darüber rede, sagt er immer so etwas wie: »Hast du daran gedacht, dass du von allen diesen Orten die Sprache lernen musst, wenn du dann wirklich dort wohnen und arbeiten willst? Und das wird nie richtig funktionieren, denn willst du etwa Griechisch lernen, wie? *Griechisch*?« Nur weil er faul ist und jede Woche darüber jammert, wie anstrengend Spanisch ist. Er findet sowieso das meiste in der Schule anstrengend, aber ganz besonders Spanisch. Sein Lieblingsfach ist Pause, sagte er früher immer, wenn Verwandte und so ihn fragten.

Ivan war mehr so ›Paris ist sicher toll‹, und dann konnte ich sagen: »Ja, Paris ist supertoll«.

Als wir ins Klassenzimmer gingen, umschlang Molly meinen Arm und lächelte mir zu.

Okay?

18:47 Uhr. Majken Johansson schreibt sich jetzt E-Mails mit Ivan Sandberg.

Die möchtest du sicher haben.« Papa legte einige Scheine neben mich auf den Schreibtisch. »Um mit Tessa Kuchen zu essen oder was auch immer das jetzt am Wochenende war?«

»Aha ... Wobei ich noch nicht weiß, ob sie kann, ob wir wirklich ...«

Und Molly hatte ich auch noch nicht gefragt.

»Aber nimm sie doch erst mal, damit wir es nicht vergessen.« Er legte sich auf mein Bett und streckte sich so, dass es irgendwo in ihm knackte. »Wie geht es Majken denn so?«

»Gut?« Ich zuckte die Schultern und lackierte mir weiter die Nägel.

Es war Freitag, und wir hatten gerade zu Abend gegessen. Auch Ida, die als Überraschung einen ihrer Nagellacke dabeihatte, eigens um ihn mir zu leihen. Graphitgrau, ein Farbton, der nicht schwarz war, aber beinahe.

Diesen minikleinen Unterschied zu Schwarz finde ich total schick.

»Sicher? In letzter Zeit bist du nämlich wieder ein bisschen seufzend herumgelaufen«, sagte Papa.

Er sagt immer, dass ich einen besonderen Seufzer habe, wenn ich traurig oder mit etwas unzufrieden bin. *Oh, habt ihr gehört? Da war er. Jetzt geht es Majken nicht gut.* Das Dumme ist, dass ich das gar nicht merke. Es ist kein bewusstes Seufzen, um zu zeigen, wie ich mich fühle. Es kommt einfach so heraus. Eine typische dumme Art, ertappt zu werden, wenn man es gar nicht will. Wie jetzt. Und Papa hat so etwas wie einen Radar und merkt sofort, wenn ich schlecht gelaunt bin. Er will immer herausfinden, was los ist, und alles in Ordnung bringen. Das ist ja manchmal gut, manchmal aber auch nicht.

Ich sah ihn nicht an, sondern konzentrierte mich auf meine Nägel. »Hab ich das? Äh, es ist alles wie immer.«

»Und in der Schule?«

»Aber es ist überall wie immer. Wie ist es bei dir? Sind bei der Arbeit alle nett zu dir?«

Leider funktionierte das Ablenkungsmanöver nicht ganz. Statt zu antworten, fragte er, was Tessa und ich am Wochenende machen würden.

»Meine Geigenlehrerin spielt in einem Café, aber ich weiß nicht, ob Tessa Zeit hat.«

»Wegen Fußball?«, vermutete er. »Oder muss sie zehn Kilometer schwimmen? Oder bloß etwas Marathon laufen vor dem Mittagessen? Das kann natürlich stressig werden, das verstehe ich.«

Ich versuchte zu lächeln über seinen Versuch zu scherzen.

»Naja, vielleicht.« Ich bemalte einen weiteren Nagel. »Aber sie ist mit einem Jungen zusammen.«

»Zusammen?! Mit welchem Jungen denn?«

»Dexter. Du weißt schon, der hier nebenan wohnt. Der kleine Bruder von Dennis.«

»Na so was. Hat man sie deswegen so lange hier nicht mehr gesehen?«

»Mmmm.« Ein weiterer Nagel.

»Ist sie verliebt?«, fragte er.

»Nehme ich an. Sonst wären sie wohl nicht zusammen.«

»Nein, okay, wahrscheinlich nicht«, stimmte er zu. »Wobei, denk an, sie hat einen Freund ... Was *macht* man, wenn man mit zwölf Jahren mit jemandem zusammen ist?«

Ich zuckte wieder mit den Schultern. Das war ja genau die große Frage.

»Hast *du* einen Freund?«, fragte er.

»Aber, neiiin, Papa.« Der letzte Nagel war fertig, am kleinen Finger der rechten Hand. Ich hielt die Hände hoch und zeigte sie ihm. »Schön, oder? Ist von Ida.«

Er nickte und ließ glücklicherweise das Jungs-Thema fallen und redete über ein paar andere Dinge. Aber gleich nachdem er gegangen war, kam Mama mit meinem Laptop im Anschlag in mein Zimmer. Ihr eigener bockte wohl gerade wieder, weshalb sie sich schnell meinen ausgeliehen hatte.

»Kennst du jetzt plötzlich Ivan Sandberg?«

»Wie kommst du darauf?!«

»E-Mails.« Sie schwenkte den Computer. »Ihr habt ja Kontakt.«

»*E-Mail-Kontakt*«, verdeutlichte ich.

»Aber was denn, gilt das nicht? Kontakt ist Kontakt.«

»Das ist wirklich nicht ganz dasselbe.«

»Aber duuuu«, sagte sie, und verdrehte die Augen. Vielleicht wollte sie mich damit nachmachen. »Kannst du gehen, ich muss gerade etwas machen.«

Damit machte sie mich eindeutig nach.

»Okay, okay!«, antwortete sie übertrieben munter in ihrem eigenen kleinen superschlauen Dialog, und donnerte wieder die Treppe hinunter.

Ivan?

Ivan!

»Mama, komm wieder hoch mit dem Laptop, wenn du fertig bist!«, rief ich ihr nach.

Ivan antwortete nicht: *Aber warum denn? Warum sollte man denn dahin gehen?*
Und er schrieb nicht: *Ich bin busy, kann nicht. Treffe alle meine früheren Freunde und das wird superlustig werden. Denn ICH habe eine Menge Freunde. Im Unterschied zu bestimmten anderen Leuten.*

Auch nicht: *Ach so, es reicht also nicht, dass wir in der Schule ein bisschen miteinander reden? Finde ich aber schon.*

Oder irgendetwas anderes, was hieß: *Danke, aber nein danke, Majken, ich glaub's nicht, kannst du aufhören, mich die ganze Zeit zu stören.*

Stattdessen antwortete er: »*Giant gerne!* (Riesig gerne!) Natürlich komme ich mit!« auf meine Frage in der E-Mail, ob er Izzys Auftritt am Sonntag sehen wolle.

Und außerdem: »Hast du vielleicht Lust, morgen Abend zu mir zu kommen? Also am Samstag. Schwesterherz und ich sind zu Hause. Sicher will sie irgendeinen obskuren Film von der IMDb-Hitliste sehen. Yeah!«

Ich googelte ›IMDb-Hitliste‹. Es war offenbar eine Liste, bei der Leute in den USA die besten Filme gewählt hatten. Dann antwortete ich Ja.

Gegen zwanzig vor sieben bog ich in seine Straße ein. Ich wusste ja, dass das hier nicht echt-*echt* war. Ganz und gar nicht, als ob ich zu einem *Jungen* nach Hause ging, und, *oooooh, was wird passieren?* Nichts würde heute Abend *passieren*. Alles war nur gespielt. Das wussten alle. Wir würden bloß ein bisschen einen obskuren Film schauen. Und wir hatten einen Deal. Sonst wäre das nie passiert.

Aber dennoch fühlte es sich ein wenig nervös an und als ob … ja, vielleicht als ob jemand dieses weltbewegende Ereignis filmen und eine öffentliche Filmvorführung organisieren müsste. ›Majkens erster Besuch bei einer Person männlichen Geschlechts — *the movie*‹. Und – Achtung! – der erste Besuch nicht bei einer Feier oder zusammen mit anderen in einer Gruppe. Ein Meilenstein im Leben. Aber Achtung! Dennoch ja einzig und allein zum Schein. Ganz sicher kein richtiges Date.

Wobei, hätte ich vielleicht ein Geschenk mitnehmen sollen? Weil ich zum ersten Mal zu ihm nach Hause ging und die Familie gerade erst in ein neues Haus eingezogen war … Äh. So etwas galt doch wohl nur für Erwachsene? Es würde wohl seltsam und übertrieben erscheinen, wenn *ich* mit einem Blumenstrauß ankäme? Ich habe schließlich auch keine Geschenke dabei, wenn ich an einem normalen Abend zu einer meiner Freundinnen nach Hause gehe. Nicht, dass Ivan und ich richtige Freunde wären, sondern mehr wie … vielleicht Bekannte. Da wäre es noch seltsamer, mit einem Strauß Tulpen zu kommen.

Zumindest hatte ich richtig Glück, als ich losging, denn genau da fuhr Mama Pontus und Samir irgendwohin. Von meinem Besuch bekam sie nichts mit. Sie hätte garantiert ein großes Verhör begonnen, ob wir jetzt *richtige* Freunde wären und bla bla bla.

Auf den Briefkästen suchte ich die Nummer 28. In dem Moment, als ich in die Auffahrt hineinging, öffnete sich die Tür und Ivan trat heraus.

»Ich habe dich gesehen«, sagte er. »Wir haben einen Film und Popcorn und Süßigkeiten. Und jede Menge Cola. *Welcome!*«

Mit der einen Hand hielt er die Tür auf und machte mit der anderen eine übertriebene, ausladende Bewegung. Als bitte er eine königliche Hoheit in seine einfache Bleibe.

Im Flur standen ein Paar dunkelgrüne abgetragene, supertolle Dr. Martens-Stiefel mit knallpinken Schnürsenkeln. Die tollsten Schuhe, die ich seit Langem gesehen hatte.

»Sind das deine?! Falls ja, sterbe ich vor Neid.«

»Die gehören meinem Schwesterherz«, sagte er und nickte zur Küche hin.

»Ooooh. Solche will ich auch haben.«

Das Problem war nur, dass Mama nicht vorhatte, mir welche zu kaufen, ehe ich mindestens fünfzehn, sechzehn war oder meine Füße aufhörten, so viel zu wachsen. Sie waren zu teuer, um sie nur ein Jahr lang zu tragen. Fand sie.

Ivans Schwester stand am Herd mit einem Löffel in der Hand und schien etwas direkt aus dem Topf genascht zu haben. Sie sah schuldbewusst und ertappt aus und wischte sich verlegen den Mund ab, als wir hereinkamen.

»Ups, Entschuldigung. Aber ich kann gar nicht glauben, wie gut die Bolognese-Sauce schmeckt, die ich nur eben schnell gemacht habe, daher musste ich einfach noch etwas mehr davon probieren. Offenbar bin ich ein Bolognese-Genie. Wer hätte das geahnt?«

»Aha!« Ich sah Ivan an. »Ist das die Sauce, die du jede Mahlzeit einen ganzen Monat lang essen möchtest? Was dreißig Tage sind?«

»*Oh please,* nicht das mit dem Essen!«, stöhnte sie. »Hat er dich auch damit vollgetextet?«

»Ja, also«, protestierte Ivan ein bisschen beleidigt. Erfreut beleidigt.

Seine Schwester seufzte und schüttelte den Kopf. *Reiß dich zusammen.*

Und dann streckte sie mir die Hand hin, damit wir uns richtig begrüßen konnten. Sie hieß Liv. Ich wusste gleich, dass ich sie mochte. Mochte-*mochte*. So, wie man es nach einer Sekunde instinktiv weiß. Wohingegen es nie funktioniert, wenn andere einen überreden wollen, dass jemand wirklich nett ist, wie Tessa es über Belinda sagt. Aber Liv? Guuuut. Keine Spur von Rosa. Pixi-kurzes dunkelbraunes Haar und dieses Metallica-T-Shirt, das Ivan einmal anhatte. Wahrscheinlich von ihr geliehen, denn ihr passte es von der Größe her viel besser. Er hatte gesagt, dass sie sechs Jahre älter war als er, also so achtzehn oder neunzehn.

»Mensch, was für tolle Martens du hast«, sagte ich.

»Danke!«, sagte sie. »Ich liebe sie.«

Natürlich tat sie das. Und Liv. Zu allem dazu noch so ein wahnsinnig guter Name. International und alles.

Ivan und ich verabredeten, dass wir uns am Sonntag um halb eins treffen und dann zusammen zum Café fahren wollten. Sobald ich ihn sah, musste ich lachen.

»Was ist los?«, fragte er, wobei auch er lachte.

»*Guitar Hero*«, erklärte ich.

»Du warst doch gut!«

Wir hatten zuerst einen amerikanischen Film gesehen, der gar nicht so wahnsinnig obskur war. Ziemlich brauchbar. Süßigkeiten und Popcorn gegessen. Danach wollte Ivan das Video-Musik-Spiel *Guitar Hero* spielen. Im Vergleich zu ihnen war ich grottenschlecht, weil Liv auch Gitarre spielte, aber es machte nichts aus, dass ich verlor. Mit jedem Song legten die beiden sich mehr ins Zeug und machten immer heftigere Rockmoves. Machten eine richtige Show, sprangen beim letzten Takt in die Luft und so weiter.

Leider rief um Viertel vor zehn Papa auf meinem Handy an und fragte, ob er mich abholen sollte, sodass ich losmusste. Es war ein total schöner Abend gewesen. Der beste seit Langem.

Jetzt machte ich eine ›Jetzt hör aber auf‹-Grimasse zu Ivan. »Hallo, ich war doch dabei. Du musst nicht lügen.«

»Nee, nee, okay. Für einen totalen *Loser* warst zu ziemlich gut.« Er kicherte. »Wobei, nächstes Mal wird es besser gehen. Üben, üben, üben, du weißt schon.«

»Blut, Schweiß und Tränen.«

»Genau.« Er nickte. »Bist du nervös, dass Izzy und die anderen vielleicht nicht gut sind?«

»Ja! Ich bin total nervös.«

»Das verstehe ich. Es geht mir genauso, wenn ich bei der Band von meiner Schwester zuschaue. Man will schließlich sowohl, dass es supergut geht, als auch, dass sie supergute Songs haben, damit man nicht wegen irgendetwas lügen muss.«

»Genau.«

»Traust du dich denn?« Er nickte zur Stadt hinunter. »Die letzte Möglichkeit, es sich anders zu überlegen. Zu sagen, dass du Kopfweh bekommen hast und den Auftritt sausen lässt?«

»Nein, nie im Leben. Ich muss sie sehen. Los geht's.«

Vor dem Café in der Pilgata standen eine Menge Fahrräder, aber zum Glück keine Massen. Wir konnten in Ruhe ins Café hineingehen, ohne uns durch eine große Volksmenge und an Türstehern mit Knöpfen im Ohr vorbeizudrücken.

Auf einem Schild stand, dass der Auftritt im Untergeschoss stattfand. Und noch der Hinweis, man könnte gerne Kaffee und Kuchen kaufen und mit hinunternehmen.

»Möchtest du etwas haben?«, fragte ich Ivan und zeigte auf die Kuchentheke. »Ich habe Geld mitbekommen, ich kann also einladen.«

»Kannst du?! Oh, wie nett.«

»Ja, also, ich bin dir dafür doch einiges schuldig.«

Ivan, der die Kuchenteller inspiziert hatte, warf mir einen ›Was meinst du damit?‹-Blick zu.

»Du weißt doch, unser Deal. Alles, was du sagst. Du bist es schließlich, der total nett ist«, erklärte ich und wartete auf ein ›Aha, jetzt verstehe ich‹ bei ihm. Als es ihm wohl einfiel, gefror sein Lächeln, und ich verstand sofort, dass irgendetwas falsch gewesen war.

»Ah, das, ja«, sagte er und klang sehr kurz angebunden.

»Genau. Sag also einfach, was du haben willst.« Ich hoffte, dass ich großzügig und dankbar und so klang.
»Eine Zimtschnecke? Schokokuchen? Oder beides? Limonade, Saft, Kaffee? Hau richtig rein, Ivan.«

»Ich trinke keinen Kaffee.«

»Ich auch nicht«, sagte ich. »Das war eher ein Witz.«

Leider schien er das nicht zu schätzen.

»Aber ich werde damit anfangen, bevor ich nach Paris ziehe. Spätestens«, fuhr ich fort. »Denn dort muss man schließlich *Café au lait* und so etwas trinken.«

Immer noch null Lächeln.

»Wie läuft es denn mit dem Deal? Funktioniert es?«, fragte er, und alles klang noch verkehrter. Ich verstand nicht, warum er so verstört aussah. Diese Woche hatte er doch nach möglichen Fortschritten gefragt und jetzt bloß ... nein? Nicht gut?

»Ja, doch, ich glaube schon«, sagte ich. »Denn sie haben ja auch nachgefragt und … Definitiv, es funktioniert.«

Diese Antwort schien ihn auch nicht sehr viel zufriedener zu machen.

»Aha.« Er sah auf die Kuchentheke hinab. »Äh, ich nehme das Gleiche wie du. Es ist egal.«

Äh, nee.

»Vielleicht Limonade?«, schlug ich dann vor. Und klang vermutlich völlig verzweifelt. »Oder Saft?«

Er zuckte mit den Schultern, ohne zu antworten. *Hallo, das spielt keine Rolle.*

Nee.

Nach einigem Hin und Her beschloss ich, für jeden von uns eine Zimtschnecke, Marmeladenkekse und Limonade zu kaufen. Als ich ihm die Sachen mit einem »Du isst doch hoffentlich Zimtschnecken?« reichte, antwortete er nur mit einem pflichtbewussten »Danke«, und dann gingen wir nach unten.

Die Instrumente waren aufgebaut, davor standen eine Menge Stühle in Reihen. Die Hälfte davon war schon besetzt, und auf einem von ihnen saß Fredrik, Ivans Gitarrenlehrer. Ich nickte in seine Richtung, und Ivan ging und begrüßte ihn, während ich Plätze in der Mitte der Mitte wählte.

Als Ivan mit dem Fredrik-Gespräch fertig war, hatte ich schon beinahe meine ganze Zimtschnecke aufgegessen.

»Lecker«, sagte ich und zeigte den kleinen Rest, der übrig war. »Ich hoffe, du wirst mich nicht für schlechte Kuchenwahl anklagen. Das wäre doch ziemlich schade.«

»Aber wahrscheinlich«, sagte er.

»Ja, wobei es auch andere Sachen gibt, wenn man keine Zimtschnecken mag«, sagte ich. »Wenn du lieber ...«

»Alles gut!«, unterbrach er gereizt. »Wer mag denn keine Zimtschnecken?« Er nahm einen Bissen von seiner Schnecke. Schluckte. Zog weder eine Grimasse noch spuckte er vor Ekel. »Schau. Sehr gut.«

Ein ›Schau‹, was bedeutete: *Kannst du jetzt endlich mal aufhören, Majken? Du wiederholst dich.*

Okay. Ich konnte definitiv aufhören. Sicher. Nicht weil die Zimtschnecke wirklich *sehr gut* war. Sie war mittelgut, wenn wir es genau nehmen wollten. Aber das wollten wir nicht. Ich hatte schon zu viel geplappert, wie immer, wenn ich nervös wurde. Also ließ ich Ivan in Ruhe essen und trinken. Schweigend. Ich sagte zum Beispiel nichts über das kleine Detail, dass er unter seiner Jacke, die er umständlich auszog und über die Stuhllehne hängte, ein Hemd trug. Ein Hemd! Es war das erste Mal überhaupt, dass ich ihn mit etwas anderem als einem T-Shirt sah.

Das Hemd war kurzärmelig und hell-lila und gut gebügelt. Schick. Und es schien sozusagen ... seriös. Hatte er heute morgen vor dem Schrank gestanden und alle seine sonstigen Kleider verworfen, um etwas viel Feineres anzuziehen? Auch noch dunkelblaue Jeans. Sicher die neuen.

Ich hatte auch etwas feinere Kleider, aber meine waren vielleicht ungefähr zwei Grad feiner. Seine circa zehn. Sehr seriös. *Warum?*

Als die Band die Treppe herunterkam, erkannte ich die anderen Mädchen natürlich von dem Blog, aber es war trotzdem seltsam, sie in echt zu sehen. Karin war groß, sogar größer als Izzy.

Alle grüßten und winkten Leuten im Publikum zu, die sie kannten. Ich bekam rote Wangen, als Izzy mich entdeckte. Uns. Dann räusperte Madde, die Sängerin, sich, begann mit etwas Smalltalk und zählte dann ein und ...

Mir wurde es flau im Magen. Es war so deutlich zu sehen, dass Izzy nervös war, denn sie hatte einen Gesichtsausdruck, den sie sonst nie hatte. Sie durfte nicht schlecht sein! Was, wenn ich nicht hätte kommen sollen, weil sie sich blamierte, und jetzt war es zu spät, es sich anders zu überlegen und ...!

Und dann legten sie los.

Als der letzte Akkord des ersten Songs verklungen war, stieß Ivan mich leicht mit dem Ellenbogen in die Seite.

»Jetzt können wir doch wohl ausatmen?«

»Ja, vielleicht?«, sagte ich, und da nickte er.

»Sie sind doch richtig gut. Du kannst dich entspannen.«

Und dann lächelte er ein bisschen und alles fühlte sich viel, viel leichter an. Izzy war gut, wirklich, und Ivan sah wieder wie immer aus. Weder verstört noch verärgert.

»Also, ein Glück«, schnaufte ich, und er machte mich nach.

»Ja, also, ein Glück.«

Nachmachen ist eine typische Ivan-Sache, das hatte ich gestern gelernt. Nicht nur kindisches Nachmachen so wie Sachen wiederholen, die man gesagt hat, sondern auch die Art nachzumachen, wie man redete. Liv hatte ihm gestern ein paarmal kichernd einen Klaps gegeben, als er sie nachmachte. Ich gab ihm keinen Klaps, aber ich musste kichern, weshalb es an ihm war, zur Bühne zu nicken mit einem gespielt strengen: *Komm jetzt, sie spielen doch. Reiß dich zusammen.*

Na gut.

Plan B hat einen ziemlich ruhigen Stil. Singer-Songwriter-Art. Madde singt superschön. Karin spielt Gitarre. Aber Izzy ist die Coolste und Beste hinter ihrem Keyboard. Sie coverten zwei Songs von jemandem, den ich nicht kannte. Dann vier eigene Songs. Nach jedem Song sahen Ivan und ich uns an und nickten zustimmend, etwa: *Hast du gehört? Das hier war auch gut!* Wir wurden nie enttäuscht. Ein Glück! Alle Songs hielten stand. Alle waren froh.

Nach dem siebten Song kam eine längere Ansage zwischen den Stücken, bei der Madde von ihren musikalischen Vorbildern und Einflüssen erzählte und wie lange sie schon dabei waren und bla bla. Izzy blinzelte mir zu und lächelte, während Madde redete. Sicherlich bekam ich rote Wangen davon, denn ich freute mich so.

Noch drei Songs. Schluss. Applaus. Eine Extranummer. Wirklich Schluss. Mehr Applaus. Wieder und wieder verneigen und verbeugen. Ein Mädchen aus dem Publikum überreichte Karin einen Blumenstrauß. Dass ich daran nicht gedacht hatte! Wir drängten nach vorne und begrüßten Izzy, redeten ein bisschen, und sie war superglücklich zu hören, dass es uns gefallen hatte, aber dann drängten sich immer mehr Leute nach vorne, denn sie war schließlich ein gefragter Star.

»Es fühlt sich beinahe so an, als ob *ich* gespielt hätte, ich bin völlig erledigt«, sagte ich. »Puh, was war das für eine Tortur! Aber eine tolle Tortur.«

»Und was für ein Glück, dass du dabei so gut gespielt hast«, lächelte er. Ein richtiges Lächeln, nicht so pflichtschuldig. »Weißt du, was ich an Konzerten liebe? Dass man *alles* hört. Also nicht nur die Musik, sondern auch wie die Gitarrensaiten gezupft werden und wie die Pedale am Klavier klingen und so. Das finde ich wahnsinnig cool. Im Frühjahr, als wir in Stockholm waren, gingen wir in ein Konzert mit einem Symphonieorchester. Es war der *Karneval der Tiere* von Saint-Saëns.« Er sagte ›Saint-Saëns‹ noch zwei Mal und sprach den Nasal-Laut jedes Mal übertriebener aus. »Ach, ich bekommen das nie hin. Jedenfalls, wir saßen ungefähr vier Reihen von der Bühne entfernt und es war das Heftigste, was ich in meinem ganzen Leben gehört habe. Vorher hätte ich nie gedacht, dass ich es überhaupt mögen würde, denn ich höre ja keine klassische Musik, aber das war … Du kannst dir nicht vorstellen, wie heftig!«

»Großer Erfolg?«

»Ja! Es war verdammt noch mal wie mitten *in* der Musik zu sitzen. Riesengroßer Erfolg.«

»*Super giant.*«

Ivan nickte. »Yeah!«

Wir trennten uns an derselben Stelle, an der wir uns getroffen hatten.

»Es war wirklich nett, dass du mitgekommen bist«, sagte ich. »Und toll, und ja, wahnsinnig nett.«

»Es war richtig toll!«, sagte er. »Und ich kann nur sagen, sollte es noch mal die Gelegenheit geben, bin ich gleich dabei.«

»Bist du? Oh, wie gut!«

Meinte er nur Izzys Band oder alle Bands, die es vielleicht nach Umeå verschlagen würde? Sogar so was in der Art von Saint-Saëns? Denn Tessa sieht ja völlig panisch aus, wenn Hasse mich nur bittet, bei einem Elternabend zu spielen. Sie wird nie verstehen können, warum ich es mag, Geige zu spielen. Ivan dagegen aber? Geht völlig ab darüber, wie *Klavierpedale* in klassischer Musik klingen, und sieht dabei glücklich aus. *Weißt du, was ich an Konzerten liebe?* Mit wem war es wohl am besten, zu dem Auftritt zu gehen? Mit wem würde man gerne schon am nächsten Sonntag wieder zu einem gehen, wenn es möglich wäre?

Er lächelte und hob die Hand zum Abschied. »Wir sehen uns, Majken.«

Wieder sprach er Majken so ganz deutlich aus. *Schau, ich erinnere mich tatsächlich immer noch, wie du heißt.* Obwohl er ja nicht mehr lange nachdenken musste.

»Ja, bis bald, Ivan«, machte ich ihn nach.

Morgen, dachte ich, als ich wegradelte. Wir sehen uns ja schon morgen. Was für ein Glück.

Zu Hause war niemand. Mama und Papa waren bei der Arbeit, Pontus hatte einen Zettel auf den Küchentisch gelegt, dass er bei Ida war und nach dem Sport heimkommen würde.

Jemand hätte zu Hause sein müssen und fragen, wie der Nachmittag war, sodass ich hätte erzählen können. Ich verstand nicht, wie Tessa sich hatte zurückhalten können anzurufen, als sie mit Dexter zusammenkam? Es war doch der größte Reflex der Welt, zum Telefon zu greifen, wenn schöne Sachen passierten, sich aufs Sofa zu werfen und: ›Tessa, weißt du was!‹.

Nicht, weil es mit Ivan dieselbe Sache war wie mit Dexter, aber trotzdem.

Es war so seltsam, dass sie nichts von dem wusste, was an diesem Wochenende geschehen war. Nichts von Dr. Martens-Stiefeln, Schwestern, Videospielen oder Auftritten. *Nothing*. Und nichts von hell-lila Hemden. Darüber würde ich wirklich gerne sprechen. Was bedeuteten lila Hemden? Hatten sie irgendeine besondere Bedeutung oder war es einfach ein normales Kleidungsstück? Es kam einem nämlich nicht ganz so vor.

Über so viele Sachen hätte ich gerne geredet!

Vor allen Dingen, dass es so lange her war, dass ich eine neue Person getroffen hatte. Wenn man damit mehr meint, als ›Hallo‹ zu sagen und zu erfahren, wie jemand heißt. Ich war seit Schulbeginn in dieselbe Klasse gegangen, hatte keine neuen Aktivitäten begonnen, Malkurse oder Theater, wie Molly es macht, und treibe keinen Sport wie Tessa und Evelina.

Okay, Izzy ist neu, aber sie ist schließlich eine Lehrerin. Und okay, Ivan und ich haben natürlich einen Deal, aber trotzdem.

Er ist definitiv neu. Das ist nicht zu leugnen. Und er hat gerade gesagt, dass er mehr Musik hören möchte.

Das war definitiv etwas.

Nur was?

Es ist faszinierend, wie viel man in einigen wenigen Sekunden sehen und erfassen kann. Drei Sekunden, höchstens. Dennoch könnte ich eine Menge Sinneseindrücke aufzählen. Tessas Arme um Dexter, seine eine Hand um ihren Nacken, ihre Körper dicht aneinander, ihre Münder ... auch zusammen.

Ich sah sie am Montagmorgen, als ich in die Schule kam. Beinahe wäre ich einfach so vorbeigegangen, denn sie standen in einer Ecke, ein bisschen entfernt, ganz und gar nicht im Blickfeld. Aber irgendetwas zog jedenfalls meinen Blick dorthin. Warte kurz, stopp, diesen Rücken und diesen Pullover kenne ich doch? Und dann sah ich noch einmal hin. Ja doch! Denn es war schließlich Tessas Pullover. Und sie stand mit Dexter dort. Von ihm umarmt!

Frage: Haben sie sich geküsst?
Antwort: Ja.

Frage: Haben sie mehr als nur geküsst?
Antwort: Ja. Aber wie.
Wow!
Also richtig: Wow!
Als Tessa nach einigen Minuten zu uns anderen dazustieß, sagte sie nichts. Öffnete nur den Spind, legte ihre Goldtasche hinein und sah aus, als sei alles ein gaaanz gewöhnlicher Montag.

Das bedeutete wohl, dass Knutschen für sie nichts Neues war? Es war schon früher vorgekommen. Vielleicht sogar mehrmals. Sonst hätte sie wohl nicht so cool ausgesehen.

Oh.

Es war, als ob sie eine Blume wäre, die man ein paar Mal am Tag fotografierte, und dann fügte man alle Bilder zu einem Film zusammen, in dem sie in einer Minute aus dem Samenkorn herauswächst, Blätter treibt und einen halben Meter hoch wird.

Ich stand daneben und wuchs in meinem üblichen superlangsamen Tempo. Also einen Zentimeter pro Jahr. Uff, und wieder ein bisschen, uff, und noch ein bisschen. Würde ich sie jemals einholen? Gestern hatte ich dagesessen und mir genau überlegt, wie ich das Gesprächsthema auf das Wochenende bringen und ein bisschen cool etwas oder am besten alles erwähnen könnte, was seit Freitag passiert war. Ein Film. Eine *Guitar-Hero-Session*. Ein Auftritt mit meiner Geigenlehrerin. Und alles zusammen mit Ivan. Ganz genau. *Ivan*. Du weißt schon. Der neue Junge aus der 6b.

Ha! Tessa hätte wohl nur die Augen verdreht. *Ah ja, Videospiel? Und ein bisschen Musik? Klassische Musik?! Ooookay. Aber ich erhöhe den Einsatz dann auf Knutschen, Majken. Ganz echtes Knutschen. Da kannst du mal sehen.*

Und die Tatsache, dass sie schon knutschten, nach nur einer Woche! Wir gehen doch erst in die sechste Klasse!

Aber ich verstehe, dass es albern ist, so zu denken. Es ist noch alberner, außerdem zu denken: *Werde ich das dann auch machen?* Im Sinne von *muss ich?* So etwas kann man definitiv nicht laut sagen. Natürlich muss man es wollen.

Ich fragte mich, ob sie das erste Mal nervös oder zögerlich gewesen war. Ob sie zum Beispiel wusste, jetzt werde ich Dexter treffen und bisher haben wir uns hauptsächlich ein bisschen normal umarmt und Händchen gehalten oder so etwas, aber jetzt, jetzt werden wir *knutschen*.

Und was, wenn das heute Zungenküsse waren?

Wie ist so was? Ich verstehe ja, dass sie schön sein müssen, denn alle machen es, aber *wie* sind sie schön? Meist sieht es schlabberig aus. Die Spucke von einem anderen Menschen?

Und wie *entscheidet* man, dass man jetzt von einem normalen Kuss zu einem schlabberigen Zungenkuss übergeht? Vielleicht erst zum Aufwärmen zehn normale Küsse, und dann fährt man die schweren Geschütze auf. Oder ist das eine Sache die *Der Körper Kann*? Wie Fahrradfahren? Wenn man zu einer Steigung kommt, sitzt man ja auch nicht da und denkt: *Oje-oje, wie schwierig, was soll ich tun?*, sondern erhebt sich an einem bestimmten Punkt vom Sattel. Automatisch.

Würde sie das nächste Mal mit dem ganzen Hals voller Knutschflecken in die Schule kommen? Würden sie auch etwas mehr als Knutschen machen?! *Das* konnte sie wohl doch noch nicht?

»Was ist?«, fragte Tessa, denn ich war vielleicht aus Versehen etwas psycho-starrend mit dem Blick an ihr hängen geblieben.

»Nein, nichts.« Ich schaute schnell weg.

Fiel mir ein einziger Mensch ein, den ich auf diese Weise küssen wollte? Neeeein?

Ist das seltsam? Man *sollte* in jemanden verliebt gewesen sein, bevor man dreizehn wurde, man *sollte* küssen und knutschen wollen. Wenn man es nicht will, dann … Nicht gut. Nicht normal. Oder?

Tessa schaute mich immer noch an. »Was hast du denn am Wochenende gemacht?«

Wenn ich nicht dieses Geknutsche gesehen hätte, wäre das hier eine Traumfrage gewesen. Außerdem war es wohl das erste Mal seit Ewigkeiten, dass sie mich so etwas fragte.

»Äh, nichts Besonderes«, entschied ich mich trotzdem zu sagen und übersprang alle Musik und anderes Unbedeutende und Kindische. »Und du?«

»Auch so.«

Eine Antwort in ruhigem Tonfall.

Ah ja. Nichts Besonderes. *Fester Freund* und *Knutschen*. Aber nein doch, keine besonderen Ereignisse.

Dann gähnte sie.

»Ich habe heute Nacht so schrecklich schlecht geschlafen. Weißt du, ob gerade Vollmond ist?«

Tessa und ihr Vater behaupten, dass der Vollmond sie beeinflusst. Wenn Vollmond ist, schlafen sie kaum. Liegen die ganze Zeit nur da und drehen und wenden sich.

»Keine Ahnung.«

»Bestimmt. Das kann man doch von Weitem spüren, ganz …« sie schnüffelte etwas in die Luft, »ganz spooky, Mikey.« Dann lächelte sie, und ich konnte mich kaum zurückhalten, sie wieder psycho anzustarren. Es war ein typischer Tessa-Satz. Einen, auf den ich irgendetwas antworte, und vielleicht kichert sie dann und dann vielleicht wir beide … Also früher. Als wir waren wie immer.

»Ja, doch, sicher«, antwortete ich.

»Was ist spooky?«, fragte Sofia, die gerade gekommen war und nicht das ganze Gespräch gehört hatte.

»Majken glaubt nicht, dass gerade Vollmond ist«, sagte Tessa. »Aber alle anderen spüren doch, dass es das ist. Oder?«

Sofia zuckte mit den Schultern. »Keine Ahnung.«

Als Tessa und ich uns diesmal ansahen, blitzte etwas in ihren Augen. Ein *Hallo?* Oder ein *Wie geht's?* Auf jeden Fall etwas, das wesentlich vielversprechender war als nur: *Wo ist Belinda? Boah, wie langweilig du bist, Majken. Ich muss jetzt mit jemandem über Dexter sprechen, der versteeeeht.*

Am Nachmittag, als wir im Flur saßen und auf Märta warteten, sah ich einen großen Pulk aus Ivans Klasse näher kommen. Ich brauchte nur einen Zipfel von einem blonden Schopf und eine bestimmte Bewegung zu sehen, um zu wissen, dass er dabei war. Es war genauso wie mit Tessas Rücken, ich nahm es sofort wahr. Und ich hatte recht. Als er mich sah, scherte er aus der Gruppe aus.

Heute sah an ihm alles aus wie immer. Alte Jeans, ein normales T-Shirt. Nicht einmal eine Band darauf gedruckt, nur einfarbig und weiß.

Der ganze Junge sah von Kopf bis Fuß wie an einem gewöhnlichen Montag aus, und dennoch … Etwas an ihm war ein bisschen anders, obwohl ich nicht genau sagen konnte, was? Er hatte nicht die Haare geschnitten. Hatte definitiv keine Brille bekommen.

Was dann?

»Schau mal hier«, sagte er.

Erst verstand ich nicht, was er mit seinem ausgestreckten Arm meinte, aber dann sah ich das türkise Haargummi am Handgelenk.

»Das lag im Wohnzimmer. Es ist doch von dir?«

»Was habt ihr gemacht?«, fragte Molly, als Ivan das Haargummi vom Handgelenk zog und es mir reichte. Auf seine Frage hin waren alle verstummt und sahen uns an.

»Headbanging«, antwortete er.

»Headbanging?«, wiederholte Molly.

»Ja. Und ihr versteht doch, was für perfekte Haare.« Ivan nickte in meine Richtung.

Perfekte Haare?

Perfekt?!

Oh!

Die Leute sagen schon immer, dass meine Haare dick und lockig und schön sind, aber perfekt? Das war neu. Und noch nie hatte ein Junge so etwas herausgedonnert. *Ihr versteht doch, was für perfekte Haare.*

›Nein, das verstehen wir nicht!‹, wollte ich sagen. ›Seit wann sind sie perfekt? Und wie meinst du das?‹

Aber da lächelte Ivan mich an, ein kicherndes und etwas geheimnisvolles Lächeln, das beinahe in richtiges Lachen überschwappte. Dann eilte er mit schnellen Schritten seinen Klassenkameraden hinterher. Ein »Bis bald!« kam noch über seine Schulter geflogen.

Und ein ›Warte doch!‹ war dabei, aus meinem Mund zu fliegen. Aber warten auf was denn? Was sollte ich sagen? ›Wie sind denn perfekte Haare?‹ Oder ›Wann denn bis bald?‹ Oder ›Warte, was machst du jetzt?‹ Wobei, das wusste ich ja schon. Zum Unterricht gehen und dort vierzig, fünfzig Minuten sitzen und etwas lernen. Und ich wusste ja auch, dass wir uns wiedersehen würden. Spätestens morgen Nachmittag.

Aber dieses kichernde Lächeln hatte gut und richtig und nett ausgesehen. Wie ein kleiner Haken, an dem man sich festhaken und hinterherlaufen wollte.

»Aha, Majken?« Sofia wandte sich auffordernd zu mir.

»Ja, Majken«, kommandierte Belinda in gleicher Art. In der ›Erzähl-jetzt‹-Art.

Belinda!

»Ach, ihr wisst, so eben.« Vorsichtig wackelte ich mit dem Kopf hin und zurück, um es anzudeuten. Eine sehr leichte Form des Headbangings, das fünf Leute dazu brachte, ungeduldig zu stöhnen. *Das* hatten sie nicht gemeint.

»Wann habt ihr das gemacht?«, fragte Tessa, und sie sah tatsächlich neugierig aus. Genau wie alle anderen, die hier saßen.

»Am Samstag. Wobei, es war bloß ein bisschen ...«

Bloß ein bisschen Video-Spiel. Und bloß ein bisschen

Café in der Pilgata. Keine einzige Knutscherei in Sicht. Und doch war da niemand, der den Kopf mit einem gelangweilten ›Äh!‹ herumwarf oder mich unterbrach.

»Und die Haare dann?«, fragte Molly schließlich.

Ich zuckte mit den Schultern. Himmel, was weiß denn ich! Sie sind lang und das ist wohl gut, wenn man Headbanging macht? Oder es gibt viele davon, und das ist auch gut?

Das Einzige, was ich sicher wusste, war, dass ich errötete. Und dass ich zur nächsten Toilette rennen und meine Haare von allen Seiten, von allen Ecken und Kanten betrachten wollte. Entdecken wollte, in welcher Weise sie perfekt waren.

»Aber *shit*«, sagte Evve, und Tessa: »Ja, wirklich«.

Ja, genau, dachte ich. Alles zusammen. Aber *shit*. Und wirklich, wirklich.

Wisst ihr, was der Bechdel-Test ist?«, sagte Ida später am Nachmittag.

Wir saßen alle drei an unserem Küchentisch. Ida klebte eine Karteikarte für ein Referat zusammen und Pontus war mit einer Englisch-Hausaufgabe beschäftigt.

Letztes Jahr hatte er in mehreren Fächern schlechte Noten bekommen. Nicht weil er dumm ist oder es nicht kann, sondern weil er nachlässig und schluderig ist. Die Lehrer sagen, dass er keine Ordnung hält und Sachen vergisst.

Mama und Papa haben mit ihm ohne Ende darüber geredet. Papa hat ein Whiteboard im Zimmer angebracht, auf dem Pontus alle Hausaufgaben aufschreiben soll, um den Überblick zu haben und planen zu können. An manchen Tagen funktioniert es. Meist zusammen mit Ida, denn sie ist nicht nachlässig oder schlampig mit ihren Hausaufgaben.

»Unsere Schwedisch-Lehrerin erzählte neulich davon«, erklärte sie. »In Filmen überprüft man, ob die weiblichen Figuren überhaupt über etwas anderes sprechen als über Jungs. Wenn sie es tun, haben sie den Bechdel-Test bestanden.«

»Warum willst du über irgendetwas anderes sprechen als über mich?«, fragte Pontus. »Ich bin doch *superspannend*.«

»Süßer.« Sie warf ihm einen Blick zu. »Ich habe noch nie daran gedacht, aber es ist voll interessant.«

»Das ist es«, stimmte ich zu. »Und wie viele Filme haben den Bäcke-Test bestanden?«

»Bechdel.« Ida artikulierte deutlich. »Unsere Lehrerin wusste es nicht, aber es wird wohl nicht gerade die Mehrzahl der Filme sein.«

»Und?«, grinste Pontus und bekam von ihr einen Klaps auf die Schulter.

»Ich habe auch mit meinen Freundinnen darüber nachgedacht«, fuhr sie dann fort. »Es wird schnell so wahnsinnig … Es gibt doch wirklich tausend spannende Sachen im Leben, die nichts mit Jungs zu tun haben.«

»Was denn?«, fragte Pontus, und Ida verdrehte die Augen.

»Jedenfalls wollen wir jetzt eine Bechdel-Woche machen. Von heute an.«

»Willst du eine ganze Woche lang nicht über mich reden?! Viel Glück.«

Diesmal war Pontus vorbereitet und fing Idas Hand, als sie auf ihn zugesaust kam.

»Und *love you too, baby*.«

»Darum geht es nicht.«

»Nein, ich weiß.« Er lächelte und umfasste sie mit einem umarmenden Griff. »Aber *wie* schwer es dir fallen wird.«

»Das glaube ich nicht. Und ich denke, es wird total gut.«

»Samstag war der letzte Vollmond«, sagte ich und zog ein zusammengefaltetes Papier hervor, das ich den ganzen Tag in der Tasche gehabt hatte, eine gute Gelegenheit abwartend. »Und hier sind die nächsten, falls du es vorher wissen willst oder wenn du es aufheben und nachher nachschauen möchtest.«

»Was?« Verwundert nahm Tessa das Blatt. »Wie hast du das hier herausgefunden?«

»Google. Voll einfach.«

»Aha, und voll schlau. Und wenn der letzte am Samstag war, dann stimmt es ja?«

»Ja, kann man sagen.«

Molly ging neben uns her und fragte sich, worüber wir redeten, und Tessa erzählte vom Mond und dem Schlaf.

»Wie oft ist das denn? Einmal im Monat oder jeden dritten Monat oder was?« Sie schaute auf das Papier, öffnete es aber nicht.

Ich antwortete nicht, sondern schüttelte den Kopf.

»Kannst du es nicht behalten?«, fragte Tessa. »Dann rate ich und wir sehen dann, ob es stimmt. Vielleicht war es am Wochenende nur Zufall, ich will es also mindestens noch einmal testen.«

Sie gab mir den Zettel zurück. »*Please?* Und leg ihn nicht in den Spind. Nimm ihn mit nach Hause. Versteck ihn!«

»*Versteck ihn?* Willst du kommen und mein Zimmer durchsuchen? Alles von oben nach unten kehren?«

»Vielleicht? Man ist nämlich zu allem Möglichen fähig, wenn man mondverrückt wird, weißt du?«

Vielleicht sogar, seit Ewigkeiten einmal wieder zu seiner besten Freundin nach Hause zu gehen? Oder wie früher wieder ganz normal miteinander zu reden?

»Na dann.« Ich klopfte auf die Tasche. »*Let the games begin.*«

»Stell dir mal vor, wenn es so wird«, fantasierte Tessa inspiriert. »In einer dunklen und kalten Nacht erwachst du davon, dass jemand am Fenster kratzt, und dort draußen stehe ich. Wild und gruselig. Die Haare so ...« Sie zeigte verwuschelte, wilde Haare. »Majkeeeeen, Majkeeeeen! Es ist Vollmooooooond!« Den letzten Teil zischte sie heraus wie in einem Gruselfilm.

»Versteck es an einem sicheren, aber *leicht zugäng-*

lichen Ort«, schrieb ich in die Luft und wir kicherten alle drei. Tessa umfasste meinen Arm.

»Traust du dich?«

»Klar!«

Hallo, wo willst du hin?«, wandte Molly ein, als wir am Mittwoch in der Mensa standen und nach einem Tisch Ausschau hielten. Ich war ihr bloß hinterhergelaufen, wie immer, und als ich nicht verstand, was sie meinte, zeigte sie mit dem ganzen Tablett nach links. Zu einem Tisch, an dem nur eine einzige Person saß. Ein Junge in einem Metallica-T-Shirt, das er sich von seiner Schwester geliehen hatte. Derselbe Tisch und derselbe Junge wie vor einigen Wochen, als wir zwei einen Plan hatten, bei dem wir Dampf machen wollten.

Aber heute hatten wir doch keinen Plan?

Gestern hatte ich nämlich einsam dagesessen und in einem Flur zwölf Minuten lang auf eine langweilige Uhr gestarrt. Dann hatte eine Tür geknallt und drei Personen waren zusammen erschienen. Izzy, Ivan und Fredrik. Laut und ausgelassen im Gespräch.

»Huhu!«, war so ungefähr das Einzige, was Ivan zu

mir sagte. Dann schloss Izzy unsere Tür auf, Fredrik ihre, und dann verschwanden die beiden darin.

Na klar, hatte ich gedacht und war Izzy hinterhergegangen. Deswegen sind wir schließlich hier. Es gibt wohl keinen Grund für ihn, extra früh zu kommen und dazusitzen und mit mir zu quatschen. Auch wenn er das einige Male gemacht hatte, gab es schließlich keinen Zwang, es jede Woche zu tun. Zumal uns hier ja niemand sieht, also hallo? Natürlich muss er das nicht. Es gibt wohl keinen Grund, mich … hintergangen zu fühlen? Also wirklich. Lächerlich.

Hier jedoch, in der Mensa, sahen uns die anderen schließlich. Und Ivan schien auf mich zu warten. Er schaute jedenfalls aufmerksam zu uns herüber, und als unsere Blicke sich trafen, blitzte in seinen Augen dieses kichernde, geheimnisvolle Lächeln auf. Das, an dem man sich festhaken wollte, um ihm zu folgen.

»*Have fun.*« Molly und die anderen segelten in die eine Richtung davon und ich in die andere.

»Ich habe ein bisschen improvisiert«, sagte er, als ich zum Tisch kam. »Ist das okay?«

»Absolut okay.«

»Super. Wie lief es gestern?«

»Meinst du die Geige? Sehr gut. Und bei dir?«

»Super, wie immer. Ich habe immer gut geübt. Du bist

schließlich die, um die man sich Sorgen machen muss, Majken.«

Ich verdrehte die Augen, und er grinste zufrieden.

»Ist doch wahr! Ich habe so ungefähr hundert Zeugen, dass ich spielen kann. Von dir wissen wir ...«, er legte eine Kunstpause ein, »nichts. Vielleicht rackerst du dich nur mit ›Alle meine Entchen‹ ab, oder wie auch immer das heißt. Dienstag für Dienstag. Und Izzy denkt vielleicht so: ›Können wir irgendwann mal weiterkommen, ich steeeerbe.‹«

Ich seufzte, aber das war nur, um mitzuspielen.

»Okay, ich höre auf«, sagte er. »Aber sonst so? Geht es dir gut?«

Ich überlegte. Kartoffelpfanne zum Mittagessen. Ziemlich gut. Draußen vor den Fenstern strahlte die Herbstsonne. Etwas entfernt saßen Tessa und Molly und die Gruppe. Sie hatten freie Sicht darauf, dass ich Mittag aß und mit wem. Hier, mir gegenüber, saß Ivan und sah fröhlich aus. Und die Haare? Bei uns beiden gut. Vielleicht sogar *perfekt*?

»Weißt du was? Ja! Jetzt gerade ist alles ziemlich gut«, sagte ich.

»Ja also, bei mir auch!«, stimmte er zu. »Was für ein Timing. Bist du dann bereit, ein wenig über die Kartoffelpfanne zu diskutieren?«

Wieder ein Lächeln. Diesmal ein stichelndes.

»Nicht ausrasten«, sagten wir beide gleichzeitig, sodass ein Lachen heraufblubberte.

»Aber ernsthaft, was ist die erste Frage des Tages?«, fragte ich.

»Es gibt keine. Das hier ist jetzt einfach komplette Improvisation.«

»Oh-oh.« Ich sah ihn mit gespieltem Erschrecken an. »Was, wenn wir wieder anfangen über das Wetter zu labern? Desaster, Ivan.«

»Ach«, entgegnete er. »Inzwischen sind wir doch Profis. Aber im schlimmsten Fall kannst du drei Sachen nennen, die du auf eine einsame Insel mitnehmen willst. Und man darf nicht ›Pilot mit einem Flugzeug‹ sagen.«

»Dann eine Brücke, ein Auto und einen Chauffeur?«

Er warf mir einen ›Also bitte‹-Blick zu.

»Luftballon oder Schiff?«, fuhr ich fort aufzuzählen. »Kanu? Ich weiß, einen Helikopter!«

»Zu allem Nein. Und wechsel um Himmels willen das Thema.«

»Es geht nicht, es geht nicht! Ich hänge fest!«

Ivan versuchte, ein Gesicht zu ziehen. Ich glaube, es sollte bedeuten: *Müde und hart geprüft*, aber ich war nicht sicher. Er sah nämlich wie gesagt ziemlich fröhlich aus.

»Wir sollten nicht über so etwas sprechen, bevor Panik herrscht.«

»Ein Floß, ein Kahn. Aaaah, Hilfe!«, haute ich noch heraus, ehe wir fortfahren und die einsame Insel hinter uns lassen konnten.

»Gestern war ich in Umedalen. Wo wir vorher gewohnt haben«, erzählte er. »Meine Cousinen und Cousins wohnen dort auch, wir waren also bei ihnen zum Essen. Und dann gingen Elton, mein einer Cousin, und ich rüber zu einem Jungen aus meiner alten Klasse.«

»Wie schön. Oder?«

»Jaaaa. Obwohl es auch ein bisschen anders war.«

»Wie denn?«

»Es kam mir so lange her vor. Und dabei sind wir am ersten Juli hierhergezogen, es sind also bloß ein paar Monate, aber gestern war es so, als sei es ein Jahr her.«

»Vermisst du etwas von dort?«

»Die Schule«, sagte er, ohne dass er nachdenken musste. »Meine Klasse. Obwohl an meiner Klasse hier ja nichts verkehrt ist, aber meine frühere war …« Er sah mich etwas besorgt an. Als ob er sich verplappert hätte. Hoppla, was hatte er gerade gesagt? Würde ich das in fünf Minuten verbreiten, allen, die ich traf, erzählen, dass Ivan Sandbergs frühere Klasse besser war? Dass er ein Verräter ist! Das wäre wohl *nicht* gut.

»Aber diese hier ist auch sehr gut«, korrigierte er sich.

Ich breitete die Hände aus. Huhu, wer hat wen gebeten zu kommen und zu reden, nur um normal zu wirken?

»Wenn du willst, kannst du sagen, dass du sie hasst, das ist kein Problem.«

»Das tue ich nicht! Sie sind nur etwas rauer und wilder als meine frühere Klasse. Und die Jungs sind mehr ...« Er wedelte heftig mit den Händen. »Aber es ist ja niemand gemein oder blöd oder so etwas.«

Ich erinnerte mich an das, was Mama gesagt hatte, nachdem wir Ivan und seine Mutter im ICA Maxi getroffen hatten. Dass er neu zugezogen war und niemanden kannte. Damals hatte ich gedacht, dass das bloß so ein typisches Mama-Ding war, ›alle können Freunde werden‹, aber jetzt dachte ich, dass sie vielleicht mit seiner Mutter darüber geredet hatte. Oder eher, dass seine Mutter mit meiner geredet hatte. *Niemand ist gemein oder so, aber es ist eben nicht dasselbe wie in seiner früheren Schule. Er scheint hier etwas einsam und unglücklich. Läuft herum und seufzt und so. Wobei es sicher schnell vorübergeht. Das hoffe ich zumindest.*

»Edvard macht einen netten Eindruck«, sagte ich über einen der Jungs in seiner Klasse. »Und nicht so wahnsinnig ...« Ich ahmte sein Handwedeln nach.

»Ja, doch, auf jeden Fall. Und auch Albin. Äh, die

meisten sind in Ordnung.« Er sah mich an. »*Shit.* Müssen wir jetzt wieder mit der einsamen Insel anfangen, nur weil wir in dieser blöden Spur hier gelandet sind? Eigentlich wollte ich sagen, hallo, ich war gestern bei meinem Cousin! Superlustig!«

»Herrlich!«, stimmte ich ein. »Ich hingegen habe den ganzen Abend so ungefähr gar nichts gemacht. Hurra, superlustig!«

»Können wir dann nicht heute etwas machen? Du kannst doch nach der Schule zu mir nach Hause kommen? Wenn ihr nicht hundert Hausaufgaben habt oder so.«

»Ich glaube, wir haben ungefähr eine halbe.«

Er sah mich fragend an.

»Also, *let's do it*«, beschloss ich.

»Cool!« Ivans Lächeln war fröhlich und ein wenig verwundert. »So viel zum Improvisieren. Aber wie schön!«

Ja! Voll improvisiert. *Hallo, wo kommt denn das her?!* Aber schön! Wirklich. Als wir uns ansahen, mussten wir beide kichern. *Huhu, unerwartet!*

Es fühlte sich an, als müsste ich auf der Stelle Tessa anrufen, um von diesem Meilenstein zu berichten. *Weißt du, was gerade passiert ist, ich gehe heute nach der Schule mit einem JUNGEN nach Hause! Verstehst du, einem JUNGEN!* Obwohl Tessa weiter hinten an einem Tisch saß. Mit Belinda und Dexter und einigen anderen. Und sie war doch … Vielleicht nicht, oder?

Normalerweise gehe ich alleine nach Hause oder manchmal zu ihr. Belinda ist die, die mit Jungs nach Hause geht. Und Tessa macht das jetzt auch. Sie setzen sich mit wichtiger Miene in den Lichthof und warten auf die Jungs, und man versteht, das große Dinge im Gange sind. Vielleicht sogar Knutschen und so etwas.

Bei Ivan und mir waren wohl nicht so große Dinge im Gange, und definitiv kein Knutschen. Aber er *war* ein Junge. Es war also dennoch etwas besonders. Also wieder so, um ein Filmteam zu bestellen, um Beweismaterial zu sichern. ›Majken und Ivan verbringen Zeit zusammen nach der Schule – *the movie*.‹

Wow.

»Weißt du, was Gewürzkäse ist?«, fragte er. »Du kannst etwas davon probieren, wenn du willst.«

»Wie spannend.«

»Ja, oder … Es ist ein Käse.«

»Superspannend.«

Ein paar Stunden später standen wir in Ivans Küche und betrachteten den Gewürzkäse. Normaler gelber Käse mit Kümmel darin. Ivan zufolge hatte sein Vater, als er klein war, bei besonderen Gelegenheiten so einen Käse gegessen, weshalb er nun ungefähr alle fünf Jahre einen Nostalgie-Anfall bekam und einen kaufte. Dann war er jedes Mal enttäuscht, dass er nicht so gut und besonders war, wie er es in Erinnerung hatte.

»Aber du willst doch bestimmt trotzdem probieren?« Ivan reichte mir feierlich den Käsehobel.

»Natürlich will ich. Das hier ist doch der Thriller des Tages.«

Und so hobelte ich unter seiner genauen Aufsicht zwei Scheiben ab und legte sie auf mein Brot. Erhob es zum Mund. Nahm einen Bissen. Schmeckte.

»Würzig.«

»Gut würzig oder schlecht?«, fragte er.

»Mittel.«

Ivan nickte. »Das heißt dann wohl: bestanden. Du darfst dies jetzt als den großen Käsetag in deinen Kalender eintragen.«

»Entschuldige bitte, aber du meinst doch den *superspannenden* Käsetag, oder?«

Niemand in meiner Klasse wusste, dass ich hier war. Es wäre perfekt gewesen, es nach dem Mittagessen zu verkünden, als Molly und Evve zurückkamen und aussahen wie: *Jaha, Majken? Erzähl jetzt, erzähl! Was macht ihr, was geht ab, warum habt ihr heute wieder zusammen zu*

Mittag gegessen, wollt ihr das öfter tun? Ich verstand, welche Reaktion es gegeben hätte, wenn ich dazu noch die Info über den Nachmittag fallen gelassen hätte. Ein neugieriges *Oh!*. Wenigstens. Das heißt, eine ziemlich gute Reaktion.

Aber irgendetwas machte, dass ich es nicht erzählen wollte. Es fühlte sich ein wenig geheimnisvoll an? Alle konnten das Mittagessen sehen und das war gut. Aber niemand würde uns nach der Schule sehen, daher konnte ich darüber genauso gut schweigen.

Als dann Tessa mit ihren Dexter-Wangen zurückkam, sagte ich auch zu ihr nichts. Auch wenn es gut gewesen wäre, sie ein paar Sachen fragen zu können. Zum Beispiel was man macht, wenn man mit einem *Jungen* nach der Schule nach Hause geht? Achtung, wenn man wirklich nicht knutschen will! Und Achtung, nachdem man Käse gegessen hat? Aber jedes Mal, wenn ich daran dachte: *Jetzt sind es noch zwei Stunden und zehn Minuten, bis wir Schluss haben,* fühlte es sich immer noch vor allen Dingen wie ein Geheimnis an. Besser, nicht darüber reden.

Als wir dann Schluss hatten, schlich ich mich in die Bibliothek. Dort kann man immer etwas zu tun haben, Bücher zurückgeben oder neue leihen. Man kann auch dasitzen und auf einen Jungen warten. Es merkt dann keiner. Alle gehen einfach nach Hause und denken, es sei ein normaler Tag. Und dabei ist es ein superspannender Käsetag.

Ich sah zu, während Ivan für sich zwei Käsebrote machte. Eines mit Gewürzkäse. Es war so seltsam zu denken, dass er derselbe Mensch war wie beim allerersten Mal, als ich ihn in der Mensa oder beim Musikunterricht gesehen hatte. Der Jeppe-Doppelgänger. Er sah schließlich ganz genauso aus wie damals, und trotzdem war er jetzt ganz anders.

»Nimm auch Milch«, sagte er. Als er von seinem Brotbelegen aufsah, bemerkte er mein Psycho-Starren. Er strich sich über den Mund. »Hab ich da etwas kleben?«

»Nein, es war nur … Erinnerst du dich an das erste Mal, als wir beim Musikunterricht waren?«

»Ja, natürlich?«

»Du hast da so wahnsinnig ernst gewirkt, und jetzt bist du sozusagen …« Ich gestikulierte mit der Hand. *Jetzt stehen wir hier und albern über Nostalgie-Gewürzkäse herum. Wer hätte das ahnen können?* »… ganz anders.«

»Aber da war ich doch nervös«, erklärte er. »Ich war neu, hatte Fredrik noch nie gesehen, wusste kaum, wo ich hinsollte.«

»Und bei ICA Maxi, als deine Mutter sagte, dass wir zum Kaffee kommen könnten, hast du ausgesehen wie: Oh no, boah, wie schrecklich, auf keinen Fall!«

»Was? Das war doch gar nicht so!«, protestierte er.

»Ja, doch, schon ein bisschen. Aber das ist okay. Man muss nicht mit allen Menschen Kaffee trinken wollen.«

»Das habe ich überhaupt nicht so gedacht.«

»Dann warst du da vielleicht auch ein bisschen nervös?«, schlug ich vor und verdrehte die Augen.

»Neeeein, ich war wohl ... müde oder so etwas. Ich erinnere mich nicht. Auf jeden Fall war ich nicht: ›Oh no‹.«

»Was man sein darf«, betonte ich. »Du weißt, alle dürfen müde oder schweigsam sein, wenn sie wollen.«

Etwa eine Sekunde lang war er still. »Okay, aber jetzt?«

Gemeint war: Wie wirke ich denn jetzt? Ernst, nervös oder unangenehm? Oder müde?

Ich sah ihn an. Diese Haare, die ich beim ersten Mal nur blond und rausgewachsen fand. Jetzt, wenn sie über die Augen fielen, fand ich, dass es hübsch war. Vielleicht waren das sogar auch *perfekte* Haare? Und die Augen. Am Anfang blau und normal. Jetzt beinahe immer kichernd und fröhlich. Ivan war einer der fröhlichsten Menschen, die ich kannte, ohne dass es anstrengend munter oder lästig wurde. Und das Lächeln? Plötzlich war es wie ein geheimer Haken, den er auswarf, wenn man es am wenigsten ahnte, und der machte, dass man rufen wollte: ›Hey, warte auf mich!‹

Aber mir war klar, dass ich das nicht antworten konnte.

Das alles fühlte sich an wie etwas ganz … anderes. Nichts, was irgendwie mit dem Deal zusammenhing, es war nämlich etwas sehr Geheimes.

»Haben wir nicht schon gesagt, dass du cool bist?«, versuchte ich ein Ausweichmanöver.

Während wir redeten, hatten wir die ganze Zeit dagestanden und uns angesehen, aber jetzt machte es einen plötzlich nervös. Ich musste mich zwingen, nicht mit den Augen auszuweichen.

»Nein, du hast gesagt, dass ich es *vielleicht* bin«, berichtigte er.

»Okay, dann beschließen wir es jetzt«, bestimmte ich. »Du bist es.«

Er sah mich weiter an, und ich wusste nicht, ob es eine gute oder schlechte Antwort war.

»Ist das gut?«, fragte ich. Denn es durfte doch nichts Schlechtes sein.

»Mhhh«, sagte er und ich wusste noch immer nicht, ob es ein Ja oder Nein war.

Was bist du dann? Im Ernst?

Aber auch das konnte man nicht fragen. Oder darauf antworten. Daraus könnte werden …

Oh.

Ich sah auf den Käse und unsere Brote, die nebeneinander auf dem Schneidebrett lagen.

Normal weiteratmen. Komm jetzt. Das hier ist doch nur ein normales Gespräch. Und wir waren Profis. Zusammenreißen. »Mir fallen drei Sachen ein!«, sagte ich. »Ein Messer und eine Tüte Reis. Und so ein Wasserreiniger. Oder findest du, das wäre schon gemogelt?«

Er pfiff beeindruckt. »Du hast also nachgedacht.«

Ja. Ungefähr den ganzen Nachmittag. Um einen Plan B zu haben, falls wir zu ihm nach Hause gingen und uns kein einziges lustiges Wort zu sagen einfiele. Oder falls er schon nach einer Minute fürchterlich gelangweilt aussehen würde.

»Worin willst du den Reis kochen?« Er griff nach einem Brot und nahm einen Bissen.

»Ähhh, ich werde ... das Messer benutzen und schnitzen aus einem ... Ach. Kann man sich nicht vorstellen, dass da eine Menge Gerümpel an irgendeinen Strand gespült wurde und man dort dann einen Topf findet?«

»Ich weiß nicht.« Er neigte ›nachdenklich‹ den Kopf zur Seite. Kratzte sich sogar am Kinn, während er ›nachdachte‹. »Kann man das? Aber immerhin ein guter Anfang. Arbeite weiter daran.«

»Bäh ... Was sind denn deine?«

»Eine Brücke, ein Auto und ein Chauffeur. Es wäre nämlich saulangweilig, auf einer einsamen Insel zu landen, weshalb ich da so schnell wie möglich wegwill.«

»Ivan!«

Er lachte, als ich ihn auf den Arm klapste.

Wir aßen und tranken langsam. Ich weiß nicht, ob Ivan seine Brotmahlzeit immer im Schneckentempo in sich hineinbröselte. Ich mache das sonst nicht, aber heute wusste ich nicht, was wir danach machen würden. Ich weiß schließlich nicht, was man macht, wenn man nach der Schule zu einem Jungen nach Hause geht und – Achtung! – nicht mit ihm knutschen will. Und es schien unangenehm, ungefähr nach einer halben Stunde schon wieder nach Hause zu gehen. Also, *slow-motion*-Essen.

Als wir mit unseren Broten beinahe durch waren, klingelte mein Handy.

»Sicher Mama oder Papa«, sagte ich und stand auf, um es aus der Jackentasche zu holen.

Aber auf dem Display stand: Tessa. Tessa!

»Bei mir ist ein bisschen Krise!« Sie klang gestresst und atemlos. »Ich habe das Schwedisch-Buch in der Schule vergessen. Hast du deines? Kann ich kommen und diesen Abschnitt für morgen lesen? Ich verspreche, superschnell zu sein.«

»Ja klar, aber ich bin jetzt nicht zu Hause, du kannst also …«

»Oh supi, wie gut!«, unterbrach sie mich. »Ich bin jetzt

noch beim Schwimmen, aber nach sieben? Bist du dann zu Hause?«

»Sicher.«

»Danke, so lieb! Bis bald!«

Sie hätte Belinda, Molly, Evelina, Sofia anrufen können. Es war leicht, an dieses Buch zu kommen. Aber sie hat mich angerufen. Und nach sieben Uhr abends würde sie zu mir nach Hause kommen. Wo sie so lange nicht gewesen ist. Okay.

Ooooookay.

»Es war Tessa«, erzählte ich Ivan. »Sie will ein Buch ausleihen.«

»Musst du gehen?«

»Nein, das ist erst später heute Abend. Nach sieben.«

Er warf einen Blick auf die Küchenuhr. Es war erst halb vier. »Ja, also. Dann kannst du doch noch eine Weile bleiben?«

»Ja«, sagte ich. »Das kann ich.«

Warum fühlte sich das mit Tessa nicht toll, toller am tollsten an? Warum flog ich nicht radschlagend durch die Gegend, johlend und Hurra-rufend vor Freude? Es war dabei, sich zu klären! Majken und Tessa *4ever*! Bald sind wir wieder beste Freundinnen! In nur einigen wenigen Stunden umarmen wir uns vielleicht, weinen vor Freude und sind ganz: *Oh, ich habe dich vermisst! Und ich habe dich vermisst!*

Es müsste sich ganz und gar wunderbar anfühlen.

Ivan hielt mir eine Packung Schokoladenkekse hin.

»Darf es etwas Süßes sein?«

Ich nahm einen.

Ivan, verstehst du, was das bedeutet? Bald müssen wir mit dem Deal nicht mehr weitermachen. Du musst nicht mehr mit mir sprechen. Schön, oder? Vielleicht ist es morgen schon so weit. Hurra, hurra, hurra …

»Ist es schwierig?«, fragte er. »Mit Tessa?«

»Nein, nein.« Ich schüttelte den Kopf. »Es ist sehr gut.«

»Denn jetzt hast du plötzlich wieder so müde ausgesehen.« Um das ›müde‹ machte er Anführungsstriche in die Luft.

»Neeein. Es ist ja dabei, sich zu klären. Es ist super, dass sie angerufen hat. Ich freue mich.«

»Ja?« Er lächelte ein bisschen aufmunternd. »Dann ist ja gut.«

Ja? Vielleicht?

Dann machten wir ›nichts Besonderes‹. Für den Fall, dass ich Tessa davon erzählte, würde es wirklich klingen wie ›nichts Besonderes‹. Wir gingen hoch in Ivans Zimmer. Er hatte es mir das letzte Mal, als ich da war, schon gezeigt, aber damals hatten wir vor allen Dingen unten im Wohnzimmer gespielt. Jetzt setzten wir uns jeder auf ein Ende seines Bettes. Redeten über ›keine besonderen‹ Sachen. Über ein Buch, das sie gerade bei ihm in der Klasse lasen. Über das, was wir in meiner Klasse lasen. Ihres schien besser. Über ein paar verschiedene andere Dinge aus der Schule. Wie, dass er auf eine sehr gute Tötungsart gekommen war, für eine Kriminalgeschichte, die sie schreiben sollten. Der große Kronleuchter in der Eingangshalle der Schule kracht auf jemanden herunter. Da ist man augenblicklich tot.

»Denn findest du nicht auch, dass der wahnsinnig gruselig aussieht?«, sagte er zufrieden. »Ich habe sofort daran gedacht, als ich reinkam. Was für eine Todesfalle, wenn er herunterfällt.«

Nicht, dass ich weiß, worüber Tessa mit Dexter redet, aber ich glaube nicht, dass sie über seltsamen Käse kichern und Kriminalgeschichten entwerfen. Ich glaube, dass Tessa über meine und Ivans Redestunde ungeduldig denken würde: *Okay, aber was denn meeeehr?*

Ich dachte das genauso, aber auf andere Art. Nicht, weil ich ungeduldig war oder gelangweilt oder es kindisch fand, sondern weil ich wollte, dass wir noch ein wenig weitermachten. Denn als ich dort im Schneidersitz saß und er saß daneben, an die Wand gelehnt und mit hochgezogenen Knien, da fühlte es sich so ... gemütlich? an. War das das richtige Wort?

Ein schönes Zimmer. Ein Junge mit fliegendem Haar und kichernden Augen. Der nette und lustige Dinge sagte, die sehr typisch für ihn waren.

Schade, dass es bald aus und vorbei sein würde.

Gegen fünf ging ich nach Hause. Da war gerade Ivans Vater von der Arbeit gekommen. Er und Ivan haben die gleichen Haare. Blond und fliegend. Und sie haben das gleiche Kinn. Nicht, dass das auch ›besonders‹ wäre, es ist nur ein Kinn. Aber trotzdem.

»Wir sehen uns ja«, sagte Ivan, als wir im Flur standen.
»Wo auch immer.«
»Sicher«, sagte ich.
Obwohl.

Und hier ist mein Zimmer. Mein Stil ist eine Mischung aus älteren und neuen Sachen. Das wird dann, finde ich, persönlich und schön. Diesen Sessel da zum Beispiel hat meine Mutter für fünfzig Kronen bei einer Auktion gekauft. Und schau diese Keksdose hier, in der ich Stifte und andere Dinge aufbewahre? Die kommt von einem Englandurlaub, den meine Großmutter und mein Großvater einmal gemacht haben.

Nein, natürlich zeigte ich Tessa nicht unser Haus und mein Zimmer. Sie ist schon tausend Mal bei uns gewesen.

Ich saß bloß auf meinem Bett.

Sie hatte ihren Schwimmtraining-Overall an. Die Haare waren in einem Pferdeschwanz zusammengebunden. Keine Knutschflecken am Hals. Noch nicht. Sie sah aus wie die ganz normale Tessa. Bei einem ganz normalen Besuch bei mir.

Und dennoch. Ich hatte schwitzige Handflächen.

»Gott, wie gut«, sagte sie über das Buchleihen. »Hast du es geschafft, das zu lesen? Kann ich es mit nach Hause nehmen?«

»Jepp, ich bin fertig.«

»Super«, sagte sie. »Ich war so wahnsinnig gestresst, als ich heimkam und auspackte, und dann musste ich zum Schwimmen, sodass ich es nicht geschafft habe ... Du weißt ja.«

Ja, ich wusste.

Tessa saß auf meinem Schreibtischstuhl. »Wo warst du denn eigentlich, als ich angerufen habe? Hast du nach der Schule etwas gemacht?«

Hier kam sie. Die Frage. Die perfekte Vorlage für die große Enthüllung.

»Ich war bei Ivan.«

»Warst du?! Aber Mensch, was macht ihr denn für Sachen!«

Ich zuckte mit den Schultern und sie wedelte ungeduldig mit der Hand. *Also weiter? Erzähl jetzt alles, Mensch! Los jetzt!*

»Wir haben ein bisschen gegessen und getrunken und so halt«, ließ ich heraus.

»Und so halt«, zitierte sie mich. »Was genau bedeutet das, Mikey?«

»Das bedeutet, dass wir ...«

Wieder wedelte Tessa ungeduldig mit der Hand, als ich eine Pause machte. *Aber wie schwierig ist das denn?! Erzähl!*

»Nichts so etwas«, sagte ich. Denn das hatte ich Ivan schließlich versprochen. Keine Übertreibung, keine Lügen darüber, was wirklich passierte. »Wir sind Freunde. Also nur.«

»Aha. Aber ihr seht euch wohl so ungefähr die ganze Zeit, oder? Glaubst du, dass ihr …«

»Nein«, unterbrach ich. »Es ist wirklich nicht so etwas. Nicht wie du und Dexter.«

»Wie ich und …!«, rief sie verwundert aus. Weil ich es endlich sagte? Das D-Wort in meinen Mund nahm? Wir hatten ja nie über ihn geredet, seit sie zusammengekommen waren. Tessa legte die Hände an die Wangen, die in Rekordzeit Dexter-rot geworden waren. »Boah, weißt du, ich bin so wahnsinnig …«

Auf meinem Wecker war es 19:04 Uhr gewesen, als Tessa kam. Als sie aufstand, war es 19:15 Uhr.

»Du, entschuldige, aber ich muss wohl.« Sie hielt das Buch hoch. »Es war doch bis Kapitel siebzehn?«

Ich nickte.

»Die bist die Netteste der Welt, weißt du das?«, sagte sie. »Danke!«

Es war 19:16 Uhr, als die Haustür hinter ihr zuschlug.

Nach diesen zwölf Minuten wussten wir nun, dass ich *nur* mit Ivan befreundet war, aber dass Tessa mit Dexter *zusammen* war. Offiziell und ausgesprochen. Und wir wussten, dass es superschön war und dass sie megaglücklich war, aber dass es sich manchmal immer noch so wahnsinnig seltsam anfühlte und so, dass es nicht möglich war zu … Und dann wussten wir … bla, bla, bla, rede, rede, rede … ein paar verschiedene Sachen über Dexter. Nichts Wichtiges.

Ich habe einen Kalender. Der ist dazu da, um Hausaufgaben und solche wichtigen Dinge hineinzuschreiben. Das Einzige, was auf den Seiten steht, ist etwa ›Mathe, S. 27‹ oder ›Klassenarbeit Geschichte!!‹

Das Kästchen für diesen Tag war ganz leer. Es gab genug Platz um ein Herz zu zeichnen und ›T+M‹ oder ›endlich!‹ hinzuschreiben. Und sich zufrieden und erleichtert und glücklich zu fühlen.

Oder ›der superspannende große Käse-Tag‹ hinzuschreiben und sich … irgendwie anders zu fühlen.

st es passiert?, war das Erste, was ich dachte, als ich am nächsten Morgen aufwachte. In echt? Was verflixt *war* es eigentlich, was gestern passiert ist? Sind wir wieder Freundinnen geworden? Denn wir waren uns ja nicht in die Arme gefallen und hatten geschluchzt, wie sehr wir uns vermisst hatten und wie schrecklich diese Zeit gewesen war. Wir hatten nur ein wenig geredet. Über Dinge, die den Bechdel-Test nicht bestehen würden. Etwas, von dem ich in der letzten Woche geglaubt hatte, dass es sich ganz monumental und groß anfühlen würde. Aber jetzt, als es tatsächlich passiert war und ich am Tag danach noch im Bett herumlag, fühlte es sich vor allen Dingen … normal an. Tessa war mit einem Jungen zusammen. Ich war es nicht. Sie war superglücklich. Ich war ›nichts Besonderes‹. Okay. Schön zu wissen.

Oder?

Ich wusste es nicht mit Sicherheit.

Sie war schon in der Schule, als ich dorthin kam.

»Aber schau, schau«, sagte sie und zupfte anerkennend an meinem Shirt. »Dass dieser Farbklecks hier heraus und an die Luft kommen darf.«

Ich hatte ein dunkelrosa T-Shirt an, das ich im letzten Sommer in der Türkei gekauft hatte. Jedes Mal, wenn Tessa es sieht, sagt sie, dass es so hübsch ist.

»Und danke fürs Leihen.« Sie streckte mir das Buch entgegen.

»Hast du geschafft, es zu lesen?«

»Ich habe wie eine Wahnsinnige gelesen, die Antwort ist also ... Ja! Ein Glück, oder?«

Sie lächelte und umfasste meinen Arm.

»Absolut«, sagte ich und stellte meinen langweiligen grünen Rucksack neben ihre Goldtasche in den Spind.

Und dann kamen Sofia und Åke, und Tessa fing an, mit ihnen zu quatschen. Es gab keine Zweifel darüber, wer heute strahlender Laune war. Scherzend und springend und Hallo und Ho, es ist Donnerstag, toll, toll, toll! So ungefähr.

Lustig, oder?

Ivans Hand war ungefähr so wie seine Stimme. Etwas rau, aber schön.

Er fasste meinen Arm an, während er »Hallo« sagte. Das hatte er zwar schon viele Male gesagt, aber mich angefasst?

Neu. Und noch etwas, was man bei diesem ersten Mal in der Mensa nie hätte erraten können: Dass er sich genauso anfühlte, wie er sich anhörte.

»Ging es gut gestern?«, fragte er. »Mit Tessa?«

»Was war mit Tessa?«, fragte Molly.

»Sie ist nur gekommen und hat sich das Schwedisch-Buch geliehen«, sagte ich zu ihr. Und »Yes« zu Ivan. Er streckte einen Daumen nach oben.

»Und du bist ausgeruht und munter und so?«, vergewisserte er sich.

Das sollte heißen, war ich heute ›müde‹, also eigentlich ein bisschen traurig? So, wie er fand, dass ich ausgesehen hatte, nachdem Tessa gestern angerufen hatte. Das soll heißen, eine Frage, die Molly nie verstehen würde, weil er einen internen Bezug herstellte.

Ich und ein *Junge* und ein *interner Bezug*. Kann sich das Filmteam hier in Raum 13 versammeln, *please*? Es eilt! Die Zeit rennt davon, aber es gibt offenbar noch eine weitere Szene in der ›Majken und Ivan‹-Story. Vielleicht kommt es sogar noch zu etwas mehr *Körperkontakt*. Das Publikum hält den Atem an. Die eine Hauptdarstellerin macht das natürlich auch. Oh-oh-oh.

»Absolut«, antwortete ich. »Munter wie ein Fisch im Wasser.«

Er sah nicht aus, als wäre er sofort sehr erleichtert darüber. Auch nicht heftig erfreut. Oder tief verzweifelt. Er sah genauso aus wie vor seiner Frage. Will sagen: fröhlich, freundlich, nett, aufmerksam.

Er dachte vielleicht nicht daran, was die Antwort bedeutete: dass wir mit dem Deal vermutlich bald zu Ende waren. Ich müsste ihn etwas zur Seite ziehen, sodass Molly uns nicht hören könnte. Sagen: *Wir können jetzt aufhören. Alles ist geklärt*, und die Operation abblasen. *Danke, vielen, vielen Dank, dass du mitgemacht hast. Du kannst dir nicht vorstellen, wie dankbar ich bin.* Denn nicht nur, dass Tessa gestern ein Buch von mir geliehen, zwölf Minuten lang geredet hatte und heute Morgen in allgemein strahlender Laune gewesen war. Sie hatte darüber hinaus noch vorgeschlagen, dass wir am Wochenende etwas unternehmen sollten. Zum Beispiel zusammen Kaffee trinken oder einen Film schauen. Einfach etwas Schönes, was auch immer?

Das war so nahe an ›Ich habe dich *vermisst*!‹ wie nur möglich.

Hurra.

Mhh.

Doch das Einzige, was ich zu Ivan sagte, war: »Du hast verschiedene Strümpfe an.«

Er, Molly und ich schauten alle drei auf sie hinunter. Einer war dunkelgrün, der andere weiß und grau gestreift.

»Ja, denn das hat man schließlich, wenn man cool ist, siehst du«, sagte er. Und da wurden die Augen wieder so unerhört schön und fröhlich kichernd.

Denn genau, er war schließlich cool. Das hatten wir beide entschieden.

Und dann kam die Französisch-Lehrerin und die Szene war vorbei, ohne dass es zu weiterer *action* oder Körperkontakt kam.

Cut!

Wie fühlte sich *meine* Hand an?
Nach Französisch schloss ich mich in der Toilette ein.
Warm und ein bisschen feucht. Nicht rau. Schön? Naja, vor allen Dingen eben etwas feucht. Nervösfeucht.
Wobei keine Gefahr bestand, dass das irgendjemand merken würde.

Ivans Berührung hatte maximal zwei Sekunden gedauert. Wahrscheinlich nur eine. Das war doch sehr kurz. Beinahe nichts. Eine Sekunde ist kaum geschehen.
Und den Arm von jemandem umfassen? Das ist doch etwas, was Leute machen, zum Beispiel wenn man im Winter draußen ist und es glatt und eisig ist. Ups, man ist dabei auszurutschen. Ups, halt dich am Nächstbesten fest, ohne Unterschied. So etwas zählt also nicht wirklich?

Jemanden an der Hand zu halten hingegen. Das zählt. Das ist mehr *action*. Oder jemanden zu küssen. Deutliche *action*.

Jetzt entscheide ich es, dachte ich. Dies hier ist kaum passiert und es ist einfach nichts. Nichts, worüber man nachdenken muss.

So.

Entschieden.

Klar.

Okay.

Also los jetzt. Versuch zumindest, so zu denken.

Am Freitag nach der Schule machten Tessa und ich mit den Fahrrädern einen Abstecher in die Stadt. Ihr Vorschlag. Wir liefen unsere übliche Runde und schauten in unsere Lieblingsgeschäfte. Dann ließen wir uns in einem Café in einer der Einkaufspassagen nieder. Dann radelten wir zu mir nach Hause. Sie blieb zum Abendessen.

Belinda? Gott weiß, wo sie war und was sie tat. Wen interessierte es? Niemanden!

Es war also ein superguter Freitag. Doch. Wirklich. Oder müsste es sein.

Oooooh, jetzt bin ich so glücklich, dachte ich, als wir bei H&M waren. *Das ist es, was ich vermisst habe. Ich mag das hier doch. Los jetzt, du magst es!*

Und als wir im Café saßen und unsere heiße Schokolade in uns hineinschlürften und Tessa etwas von Dexter erzählte, dachte ich wieder dasselbe. *Das ist genau das, was ich vermisst habe. Meeeeensch, wie müsste ich das hier mögen.*

Und als wir bei mir auf dem Sofa saßen und darauf warteten, dass das Essen fertig war, dachte ich: *Daaaaaas ist voll gemütlich. Jetzt bin ich doch sicher super-super-glücklich? Giant happy!*

Da war nur das kleine, nagende Problem, dass es sich wirklich anfühlte, als müssten wir etwas sagen. So in der Art: ›Natürlich war es seltsam. Ich bin so froh, dass wir das hier machen und wieder Freundinnen sind. Schön, dass es sich geklärt hat.‹

Denn wie konnten wir richtig neu beginnen und Tessa und Majken 2.0 werden, wenn wir nie *richtig* über *irgendetwas* redeten? Ich wollte doch über uns reden, bevor ich anfing, von lila Hemden, Martens-Stiefeln und fliegenden Haaren oder allem anderen zu erzählen, was sich angesammelt hatte. Wobei Tessa offensichtlich nicht so zu denken schien. Sie schien nichts darüber sagen zu wollen, dass es schwierig zwischen uns war. Stattdessen kam sie gleich auf Dexter zu sprechen. Das war vielleicht genauso gut? Ich hatte doch über ihn reden wollen, also los geht's. Jetzt bekam ich alles, was ich wollte. Ich müsste doch glücklich und erleichtert sein.

Es war nur so, dass es sich bald ziemlich ... eintönig anfühlte.

Etwas später am Abend, nachdem sie heimgegangen war, ging ich an den Computer. Eine neue E-Mail von Ivan.

»Es ist Freitag«, schrieb er. »20:11 Uhr. Wie du siehst. Ich habe nichts Besonderes zu sagen. Spielt am Wochenende nicht Izzys Band irgendwo?? Hallo vom *giant* gelangweilt.«

Riesig gelangweilt.

Scheiß drauf, ob Izzys Band am Wochenende irgendwo spielt, dachte ich. Wir improvisieren! Jetzt! Auf der Stelle!

Aber es war schon nach zehn Uhr. Zu spät, um etwas zu machen. Und außerdem, hallo? *Wir können mit dem Deal jetzt aufhören. Es hat sich geklärt.* Das war etwas, was ich ihm sagen sollte. In der Tat sagen musste.

»Sorry«, schrieb ich als Antwort. »Glaube, sie ruhen sich dieses Wochenende in New York aus oder so etwas.«

Hallo von *giant giant giant* gelangweilter Person Nummer 2, die gerne, gerne, gerne …

Nein.

Gerade, als ich mich hingelegt hatte, kamen in schnellem Takt drei Nachrichten von Tessa.

Eins: *Majkeeeen! Majkeeeen!*

Zwei: *Schau aus dem Fenster, wenn du dich traust. MAJKEEEEN!*

Drei: *Hehe, hast du Angst bekommen?*
Ich: *Und wie.*
Tessa: 😃 *Schlaf gut. Bis morgen.*
Ich lag und fingerte am Handy herum. *Fandest du, dass es schön war heute? Hast du mich vermisst? Ist das alles hier nicht total seltsam gewesen? ABER DANN SAG DOCH MAL IRGENDWAS!!*
Äh.
Du auch, schrieb ich nur.

Mensch, wie du heute sonstwo bist«, sagte Evve am Montag, als wir auf die letzte Unterrichtsstunde des Tages warteten. »Woran denkst du? Hallo?« Sie schnippte mit den Fingern vor meinen Augen.

»Ach, ich weiß nicht.« Ich schüttelte mich. »Nichts.« Oder ehrlicher, ich dachte sicherlich an etwas. Jemanden. Nämlich Ivan.

Er hatte am Wochenende keine E-Mail mehr geschrieben, aber jetzt war ich die ganze Zeit nervös, dass wir hier in der Schule aufeinandertreffen würden. Er müsste nur einen Blick auf Tessa und mich und die Gruppe werfen, um zu verstehen. *Na so was, ihr seht ja ziemlich freundschaftlich aus. Ist etwas passiert, das du erzählen solltest, Majken?* Und ja, das war es schließlich. Und ja, das sollte ich. So schnell wie möglich. Das verstand ich. Es war bloß ... Ja, aber, ich würde ›Schluss machen‹. Bei nächster Gelegenheit.

»Willst du nach der Schule auf eine kurze Runde mit in die Stadt?«, fragte Evve.

»Was wollt ihr machen?«

»Neue Beinschützer kaufen«, sagte Tessa.

»Stylingberater sein«, sagte Molly.

»Komm mit!«, sagte Evve.

Muss ich?, dachte ich. Wir haben uns doch den ganzen Tag und massenhaft am Wochenende gesehen.

Gestern Abend hatte Tessa gesimst und gefragt, ob Evve und ich rüberkommen und einen Film sehen wollten. Das wollten wir, ja. (Molly war bei irgendetwas anderem.) Und heute hatten wir alle Pausen und das Mittagessen zusammen gehabt. Jetzt gerade sehnte ich mich nur danach, alleine nach Hause zu gehen, mit irgendetwas herumzuwerkeln oder in die Luft zu starren, ohne reden zu müssen oder so zu tun, als würde ich interessiert zuhören, was die anderen sagten.

»Jaaaa, doch, los komm, Mikey«, sagte Tessa, als ich zögerte.

»Ach nee, ich gehe einfach nur nach Hause«, entschied ich. »Ich bin ein bisschen müde.«

Das war etwas, das ich mir gerade hatte einfallen lassen, aber als ich es sagte, merkte ich, wie sehr es doch stimmte. Die letzten Tage mit Tessa hatten sich meist wie ein großes ›Ach so?‹ angefühlt, dass nie nachließ, und davon war ich sehr müde. Hatten wir es sonst nicht lustiger zusammen? Waren wir lustiger? Das hier konnte doch wohl nicht alles sein?

›Das hier‹ war vor allen Dingen Tessa und Dexter. Ernsthaft, wie viel war über ihn zu sagen? Ja, ich hatte gesagt, dass ich über Dexter reden wollte, aber das bedeutete doch nicht, dass sich jedes einzelne Gespräch um ihn drehen musste und was er sagte, dachte, machte und fand und wie Tessa das wiederum fand. Er ist nur ein normaler Mensch! Er ist nicht superspannend! Leider schien ich die Einzige zu sein, die so dachte.

Gestern, als wir halbwegs durch den Film gekommen waren und Tessa und Evve weiterquatschten, als sei immer noch nur Vorab-Werbung, da hatte ich große Lust gehabt, sie über den Bechdel-Test zu informieren. Vielleicht Ida für einen kleinen Vortrag einzuladen. Aber ich sagte nichts. Es hätte doch sicherlich sofort schlechte Stimmung gegeben.

Dass Tessa selbst nicht merkte, wie wahnsinnig einspurig sie war? Oder dass sie nicht merkte, dass ich nur mit kurzen, gelangweilten ›Mhm‹s antwortete. Oder dass ich nicht über Ivan reden wollte. Es war doch auch ein ziemlich deutlicher Wink in Richtung: Können wir das Thema wechseln, ich sterbe? Es gab ungefähr einen Satz über uns zu sagen: ›Wir sind nur Freunde.‹ Den hatte ich schon mehrere Male gesagt. Das Übrige über ihn war geheim, und darüber wollte ich zu niemandem einen Pieps sagen.

»Oder ...«, Tessa klang verschmitzt. »Hast du dir vielleicht schon etwas anderes vorgenommen, was du am Nachmittag machen willst?«

»Nein?«

»Wie zum Beispiel Mister I zu treffen?«, schlug sie vor.

»Sie machen das doch hier und da, versteht ihr«, fuhr sie zu Molly und Evve gewendet fort. »Nach der Schule nach Hause gehen und so was.«

Mister I?! Das war ein noch hässlicherer Code-Name als Der Russe.

»Neeeein«, seufzte ich müde. *Von Beinschützern zu ... tada, Jungs!* »Ich habe vielleicht einfach keine Lust, mit in die Stadt zu gehen. Ist das so seltsam? Es muss sich doch nicht *alles* auf der Welt um Jungs drehen?«

»Natürlich nicht«, sagte Tessa, und in ihrer Stimme war ein kleines Fauchen zu hören. »Das hat doch wohl auch niemand gesagt?«

Ich zog ihr ein Gesicht. Es ließ sich einfach nicht vermeiden. *Hallo? Du selbst vielleicht? Was ist das Einzige, worüber du zurzeit redest?*

»Was?«, sagte sie da noch fauchiger und verärgerter. »Das mache ich wohl gar nicht!«

Äh, ja, doch, dachte ich. Was für ein Kurzzeitgedächtnis hast du bloß?

Aber das konnte ich ja nicht sagen. Erst quäle ich mich mehrere Wochen lang, weil wir zerstritten sind und nicht reden, dann werden wir wieder Freundinnen, aber nach gefühlt vierundzwanzig Stunden fangen wir wieder an zu streiten. Wegen mir. Nein danke! Jetzt musste ich mich zusammenreißen. Los, komm, ich mag Tessa, wir haben es schön, ich habe mich danach gesehnt! Ich bin gerade nur etwas müde. Das ist alles.

»Äh, also, ich muss nach Hause«, sagte ich. »Ein andermal komme ich mit.«

Tessa zog angesäuert den Mund zusammen, sagte aber nichts. Schaute nur Evve an und zuckte mit den Schultern.

»Ich habe doch morgen Geige, daher ...«, fuhr ich fort. »Muss üben.«

Niemand schnaubte oder verdrehte die Augen dazu, aber ich wusste genau, was Tessa dabei dachte. *Schon wieder diese alberne Geige? Wenn man stattdessen mit seinen Freundinnen in die Stadt gehen könnte? Aber ja, ja. Lass sie nur weitermachen und so super* boring *sein, wenn sie es eben will.*

Ja, danke. Und als wir Schulschluss hatten und sie Richtung Stadt davonradelten, fühlte es sich so wahnsinnig gut an, nicht mit dabei zu sein. Als ob ich von etwas total Anstrengendem verschont worden wäre. Das heißt, zusammen zu sein mit meinen besten Freundinnen, inklusive meiner aller-allerbesten Freundin. Nach der ich mich gesehnt habe, aber die mir jetzt nur ... auf die Nerven ging? Gott, das wagte ich ja kaum zu denken. So war es doch wohl nicht? Es war doch Tessa. *Meine* Tessa war allerdings nicht mit Dexter zusammen gewesen und das war ein ziemlich großer Unterschied. Vielleicht war es das, was ich das ganze Wochenende vermisst hatte: uns von früher. Damals, als wir supertoll und superlustig waren. Als ich mitgehen wollte. Als ich mich nicht danach gesehnt habe, alleine nach Hause zu gehen, die Tür zu einem leeren Haus aufzuschließen und *Ooooh, wunderbar* zu denken, weil noch niemand sonst nach Haus gekommen war, und ich also so super *boring* sein durfte, wie ich wollte.

Äh. Das war wohl nur ... ein kleiner Einbruch? Alle haben das. Ist doch so?

Was zieht man an, wenn man ›Schluss macht‹? Zum Beispiel ein anerkannt hübsches Oberteil aus der Türkei. Und dann probiert man vielleicht vier verschiedene Frisuren aus, ehe man sich für offenes Haar entscheidet. Und zum Schluss legt man ein bisschen Lipgloss auf. Und dann steht man trotzdem da und zögert und ist meganervös und lässt sich eine Menge Gründe einfallen, noch eine Woche länger damit zu warten. So in der Art: *Aber das war doch so schön. Ich möchte noch ein bisschen weitermachen. Es wird so langweilig werden, wenn wir nie mehr ...*

Also, keine Gründe, die wirklich funktionierten. Es war also Zeit. Und es war viel besser, es jetzt zu machen und nicht bis morgen beim Musikunterricht zu warten. Vielleicht würde Ivan spät kommen, wir hätten vielleicht nur zehn Sekunden für uns, mit Izzy und Fredrik daneben von einem auf den anderen Fuß tretend. Und vielleicht würde Ivan dann fragen, wie es mit dem Deal ging, das machte er ja manchmal. Es würde da nicht so gut sein. Also, jetzt, heute Abend, los.

Ich inspizierte mich zum letzten Mal im Flurspiegel, ehe ich ging. Würde Ivan finden, dass ich aussah wie immer, oder hatte er auch angefangen, neue Sachen zu entdecken? Nicht, dass ich wüsste, welche das sein sollten, aber irgendetwas, das bei mir ein bisschen anders geworden war? So wie ich nicht verstehe, dass ich ihn eingebildet fand. Das war ganz falsch. Beinahe alles, was ich am Anfang über ihn dachte, war ja ganz falsch, das wusste ich jetzt.

»Na so was!«, sagte er verwundert, als er die Treppe herunterkam. Sein Vater hatte aufgemacht.

»Ich weiß«, sagte ich. »Das hier ist jetzt völlige Improvisation. Ist das okay? Oder bist du beschäftigt?«

»Sicher ist das okay. Hallo!« Er lächelte und nickte mit dem Kopf nach oben zu seinem Zimmer und fing sofort an zu reden und mich mit Fragen zu bombardieren. »Wir haben uns ja ewig nicht gesehen. Wie war es bei dir? Hast du am Wochenende etwas Schönes gemacht?«

»Najaaa. Nichts Besonderes.«

»Neee, aber etwas voll Langweiliges dann?« So ein typisches Ivan-Lächeln. Und dann waren wir oben in seinem Zimmer und er sagte noch mal »Hallo Majken!«, so ganz Ivan-typisch. Sodass man am liebsten …

»Du, ich muss etwas sagen«, sagte ich.

»Hilfe, soll ich mich setzen? Das klang ja voll seriös.«

Ja. Seriös und nervös. Ich war schon außer Atem davon, bloß eine normale, kleine Treppe hinaufzugehen, und auch wenn ich kein Fußball mehr spiele, reicht meine Kondition eigentlich für mehr als das.

»Mach, wie du willst.«

Er setzte sich. Sah mich aufmerksam und abwartend an und machte mich nur noch nervöser. Ein Glück, dass ich es durchdacht und genau geübt hatte, wie und was ich sagen wollte.

»Du weißt, unser Deal«, begann ich, ganz nach Plan. »Ich glaube, wir können jetzt damit aufhören, denn es hat geklappt. Tausend Dank dafür, dass du mitgemacht hast. Wirklich, tausend Millionen Dank. Es war wahnsinnig nett.«

»Hat es schon geklappt? Wie ging es denn dann?«

»Gut.«

»Gut?«, wiederholte er. »Wie gut?«

»Tessa und ich haben uns am Freitag und gestern gesehen und ... weißt du, sehr gut. Wir sind wieder Freundinnen.«

Egal, dass sie leicht zickig war, als sie in die Stadt gefahren sind, und dass ich mich total erleichtert gefühlt habe, nicht mitgefahren zu sein. Es war schließlich bloß ein kleiner Einbruch.

»Und ich habe nichts wie ›hehe‹ über uns gesagt. Weißt du, nicht Übertriebenes oder Gelogenes. Als sie gefragt haben, habe ich nur gesagt, dass wir Freunde sind. Du brauchst dir also darüber keine Sorgen machen. Alles ist sehr gut gelaufen.«

»Ich mache mir keine Sorgen.«

Wir verstummten beide. Er saß auf dem Bett, ich stand da mitten im Zimmer. Es war dieser Moment, der mich im Voraus so nervös gemacht hatte. Wie würde er reagieren, wenn ich sagte, dass wir fertig waren? Himmelstürmend erleichtert und glücklich sein und eine Siegerrunde durchs Zimmer drehen. *Yes, ich bin frei!* Oder nur mit den Schultern zucken. *Okay, nett. Dann alles Gute für die Zukunft.*

Und das nächste Mal, wenn wir uns in der Schule zufällig sahen, würde er nur einen kurzen Blick in meine Richtung werfen, mit einem gleichgültigem ›Hallo‹. Nach einer Weile, einigen Wochen, würden wir vielleicht ganz aufhören uns zu grüßen. Denn wir waren in echt ja gar nichts. Und daher war ich nervös, wie es sich anfühlen würde, wenn er das machte. Was würde ich dann möglicherweise denken und sagen.

Doch so, wie es jetzt schien, hatte er nicht vor, etwas davon zu machen, zu jubeln oder mit dem Schultern zu zucken. Er sah nur nachdenklich aus.

»Ja, aber, also …«, sagte ich. »Jetzt weißt du es. Das war es, was ich sagen wollte. Wir sind fertig.«

Ivan nickte. »Was für ein Glück. Dass ihr es wieder hinbekommen habt, meine ich.«

»Ja, wirklich.«

Dann wurde es wieder still. Sollte ich nun gehen? Waren wir fertig?

»Aber weißt du was, ich habe über etwas nachgedacht«, begann er zögerlich. Dann blies er die Haare aus dem Gesicht. »Wenn uns etwas einfällt, lass uns sagen, etwa morgen, wie sollen wir dann …?«

»Ja, also, das geht schon.«

»Ja? Und wenn mir eine wahnsinnig gute Frage einfällt, die ich einfach …«

Ich nickte. »Dann stellst du sie.«

»Okay.« Ivan nickte auch. »Puh.« Dann lächelte er ein wenig schüchtern. »Wo wir doch jetzt eigentlich Profis sind, wäre es doch schade, einfach aufzuhören. Finde ich jedenfalls.«

Profis? Waren wir das?

Er bekam etwas rote Wangen, nachdem er das gesagt hatte, aber er wich meinem Blick nicht aus.

Ja, aber, vielleicht?

Denn wenn das bedeutete, dass man weitermachen durfte, zum Beispiel morgen, dann wollte ich gerne Profi sein. Schrecklich gerne. Tatsächlich schrecklich, schrecklich gerne.

»Mh, da bin ich deiner Meinung«, sagte ich. »Das wäre tatsächlich wahnsinnig schade.«

»Oh, findest du?« Ein größeres Lächeln. »Boah, wie gut!«

Und noch ein größeres, als er vom Bett sprang. »Können wir nicht als neuen Deal haben, dass wir weitermachen, nur ohne Deal? Wenn du verstehst.« Er streckte seine rechte Hand aus. »Ich meine, dass wir nicht aufhören. Bist du damit einverstanden?«

Ich weiß nicht, wie meine Hand war, sicher supernervös, aber seine war genau wie letztes Mal. Warm und rau und schön, als er sie um meine schloss.

»Dann haben wir es jetzt beschlossen«, sagte er. »Wir hören nicht auf. Sicher, Majken?«

»Sicher, Ivan!«

Feierlich schüttelten wir die Hand darauf.

»Sehr spannend«, lächelte er und ließ meine Hand nicht los. »Es ist, als ob jetzt alles passieren kann.«

Zum Beispiel, dass wir uns an der Hand hielten. Das *war* es ja, was wir taten. Eine Begrüßung war eine kurze kleine Sache, aber wenn sie weitergeht und weitergeht, geht sie doch irgendwann in Handhalten über. Ungefähr … jetzt.

Und als ich es wagte aufzuschauen, hatte er so ein richtiges Haken-Lächeln. *Komm mit, jetzt wird es schön, bleib dabei, komm.*

Und das Einzige, was ich darauf antworten wollte, war: Ja! Gerne, Ivan! Ich bin ganz dabei! Los!

Und da passierte das nächste Ding. Eine Umarmung. Warm und weich und schön und kribbelig und alles mögliche Gute zugleich. Auch kurz, aber ich konnte während der Zeit doch tausend Sachen denken. Wie: *Oh, wow, jetzt fängt es an!*

Denn als wir uns losließen und uns ansahen, fühlte es sich genau so an. *Jetzt fängt es an. Jetzt! Und alles kann passieren. Alles!*